La dernière tempête

DU MÊME AUTEUR

Trilogie « La Dame de Reykjavík »
(avec Hulda Hermannsdóttir)

La Dame de Reykjavík
Éditions de La Martinière, 2019
Points, 2020

L'Île au secret
Éditions de La Martinière, 2020

Série des « Enquêtes de Siglufjördur »
(avec Ari Thór Arason)

Dans l'ordre original de parution en Islande :

Snjór
Éditions de La Martinière, 2016
Points, 2017

Nátt
Éditions de La Martinière, 2018
Points, 2019

Sótt
Éditions de La Martinière, 2018
Points, 2019

Vík
Éditions de La Martinière, 2019
Points, 2020

Mörk
Éditions de La Martinière, 2017
Points, 2018

Sigló
Éditions de La Martinière, 2020
Points, 2021

RAGNAR

JÓNASSON

La dernière tempête

Traduit de l'islandais par Jean-Christophe Salaün

Éditions
de La Martinière

Ce roman, dernier volet de la trilogie *La Dame de Reykjavík*,
relate des évènements survenus dix ans
avant *L'Île au secret*, le second volet de la trilogie,
et vingt-cinq ans avant *La Dame de Reykjavík*, le premier volet.
Dans ce livre, l'enquêtrice Hulda Hermannsdóttir a quarante ans.

Titre original : *Mistur*

Publié avec l'aimable autorisation
de la Copenhagen Literary Agency A/S, Copenhague

ISBN : 978-2-7324-9708-2

Carte de l'Islande

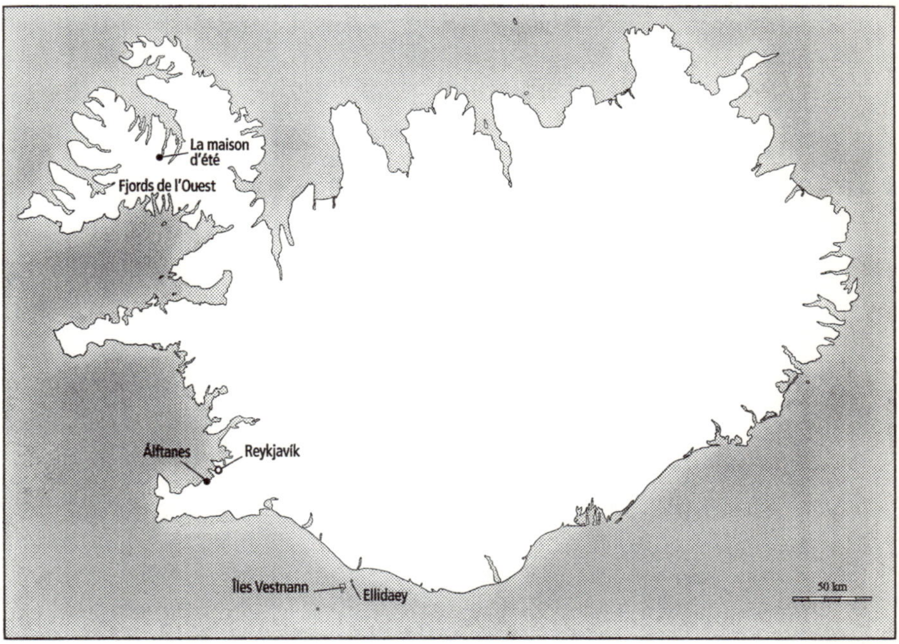

À Kira et Natalía

Les jours s’écoulaient avec lenteur
tandis que les années s’envolaient
et moi, je continuais de te parler dans le vide.

Ólafur Jóhann Ólafsson, *Almanach* (2015)

Prologue

Février 1988

Hulda Hermannsdóttir ouvrit les yeux.

La fichue torpeur qui l'enveloppait refusait de se dissiper. Elle aurait voulu dormir toute la journée, même ici, au commissariat, sur cette chaise inconfortable. Heureusement, elle avait son propre bureau où elle pouvait s'isoler, se perdre dans ses pensées ou fermer les paupières un instant. Les dossiers s'empilaient ; elle n'était pas parvenue à se replonger dans une seule affaire depuis son retour de congé, deux semaines auparavant.

Snorri, son supérieur, avait bien remarqué son changement d'attitude, mais il se montrait compréhensif. Elle avait tenu à revenir au travail, ne supportant plus de rester enfermée à la maison avec Jón. Même le paysage extraordinaire de la péninsule d'Álftanes, où ils habitaient, n'avait plus d'effet sur elle. Elle n'entendait plus le murmure du ressac, ne distinguait plus les étoiles ou les aurores boréales qui illuminaient le ciel. Et c'est à peine si Jón et elle s'adressaient encore la parole. Elle répondait à ses questions occasionnelles mais avait cessé d'amorcer le moindre échange.

Évidemment, les ténèbres hivernales n'arrangeaient

rien. C'était la saison la plus froide, la plus sombre. Chaque jour semblait plus sinistre que le précédent et la neige n'avait cessé de tomber durant tout le mois de février. À intervalles réguliers, on apercevait sur la route des voitures abandonnées, et Hulda devait faire preuve d'une prudence accrue pour rejoindre Kópavogur au volant de sa Skoda, malgré les solides pneus cloutés dont le véhicule était équipé.

Pendant quelque temps, elle avait douté de retourner un jour au travail. De sortir à nouveau de la maison, quitter son lit, quitter sa couette. Mais dans la situation actuelle les choix étaient limités : c'était soit rester chez elle avec Jón, soit travailler du matin au soir, malgré ses difficultés à se concentrer.

Elle passait donc ses journées dans son bureau à ranger documents et rapports, à prétendre les consulter sans réussir à s'en convaincre. La situation s'arrangerait, tôt ou tard. Certes, elle ne surmonterait jamais complètement la culpabilité qui la rongeait, mais avec un peu de chance, celle-ci finirait par diminuer. En revanche, sa colère ne faisait que s'intensifier. Jour après jour, elle sentait la fureur et la haine grandir en elle et la dévorer de l'intérieur, sans parvenir à lutter contre. Il fallait qu'elle trouve un moyen d'expulser ces émotions négatives, d'une manière ou d'une autre…

Son téléphone se mit à sonner. Absorbée par ces sombres pensées, Hulda ne réagit pas immédiatement. Ce n'est qu'au bout d'un long moment qu'elle posa les yeux sur l'appareil.

– Allô ?

– Hulda, ici Snorri.

Elle sursauta. Son supérieur ne l'appelait qu'en cas d'urgence. En général, leurs échanges se limitaient aux réunions matinales. Il ne se mêlait pas beaucoup de ses enquêtes.

– Ah, oui, bonjour.

– Tu peux passer me voir ? Je dois te parler de quelque chose.

– J'arrive tout de suite.

Elle raccrocha, se leva et jeta un rapide coup d'œil dans le petit miroir qu'elle gardait dans son sac à main. Bien qu'en proie à un terrible mal-être, elle refusait de montrer le moindre signe de faiblesse au travail. Ses collègues étaient évidemment au courant de la situation, mais sa plus grande crainte était qu'on la renvoie chez elle. Elle avait besoin de s'occuper, c'était le seul moyen de ne pas perdre la raison.

Snorri lui sourit quand elle pénétra dans son bureau spacieux. Percevant de la pitié dans son regard, elle jura en silence.

– Comment te sens-tu, ma Hulda ? demanda-t-il en l'invitant à s'asseoir.

– Ça va, ça va. Compte tenu des circonstances.

– Beaucoup de travail ?

– Oui, pas le temps de m'ennuyer. Je finalise des dossiers de l'année dernière, je ne devrais pas en avoir pour longtemps.

– Tu es sûre que ça va ? Je suis tout à fait prêt à t'accorder un congé supplémentaire, si besoin. Bien sûr, *nous* avons aussi besoin de *toi*, comme tu le sais, mais nous voulons nous assurer que tu es en état de gérer des affaires difficiles.

– Je comprends bien.

– Et tu l'es ?

– Quoi ?

– En état ?

– Oui, mentit-elle, le regardant dans les yeux.

– Bon. On vient de nous confier une nouvelle affaire. J'aimerais que tu t'en charges.

– Ah ?

– Une affaire délicate. Sacrément sinistre, même, ajouta-t-il en fronçant les sourcils. Homicide probable dans l'Est. Nous devons envoyer quelqu'un sur les lieux immédiatement, et je n'ai personne d'aussi expérimenté que toi sous la main.

Le compliment aurait pu être formulé de manière plus élégante, mais Hulda s'en contenta.

– Je veux bien y aller. Je suis prête, affirma-t-elle sans y croire. Où, exactement ?

– Dans une ferme au milieu de nulle part. À vrai dire, j'ai été étonné d'apprendre qu'il y avait des éleveurs dans ce coin.

– Est-ce qu'on connaît l'identité de la victime ?

– De la victime ? Excuse-moi, Hulda, j'aurais dû être plus précis. Il n'y en a pas qu'une. La scène était apparemment assez effroyable, on ne sait pas précisément depuis quand les cadavres gisaient là-bas, sans doute depuis Noël…

Première partie

Deux mois plus tôt – juste avant Noël 1987

1

Fin.

Erla reposa le livre, s'appuya au dossier de son vieux fauteuil élimé et inspira profondément.

Quelle heure pouvait-il bien être ? Elle l'ignorait ; cela faisait longtemps que l'horloge du salon ne fonctionnait plus, plusieurs années à vrai dire, et ils n'étaient pas assez bricoleurs pour la réparer. Comme elle était lourde et difficilement déplaçable, ils n'avaient jamais sérieusement envisagé de la porter jusqu'à leur vieille jeep et de l'emmener au village. Il n'était d'ailleurs même pas certain qu'elle rentre dans la voiture, ni que quiconque là-bas ait les connaissances adéquates pour réaliser un tel travail. Non, non, elle resterait là comme un énorme bibelot. C'était le grand-père d'Einar qui l'avait achetée, il l'avait lui-même transportée depuis le Danemark, selon la légende familiale. Il avait étudié là-bas, dans un lycée agricole, avant de rentrer en Islande et de reprendre l'exploitation familiale. « C'était leur destinée », disait toujours Einar. Celle de son grand-père, celle de son père et, aujourd'hui, la sienne. Son grand-père était décédé depuis longtemps, et son père aussi, à un âge très précoce. Vivre ici, travailler ici était éprouvant, autant pour le corps que pour l'âme.

Et à présent, pour ne rien arranger, il faisait froid – ce qui n'avait rien de surprenant, à cette période de l'année. La maison était ancienne, et lorsque le temps se dégradait, nul autre moyen pour se maintenir au chaud que de s'envelopper dans une couverture épaisse. C'est ce qu'elle avait fait, mais ses mains, restées à l'air libre pour feuilleter les pages de son livre, étaient désormais glacées. Un sacrifice qu'elle était prête à accepter, car la lecture lui apportait plus de plaisir que toute autre activité ; avec un bon bouquin, elle voyageait loin, si loin de son quotidien, dans une autre culture, un autre pays où le soleil brillait et où les conditions de vie étaient plus clémentes. Cela ne signifiait évidemment pas qu'elle était ingrate face à sa vie ici. C'était l'héritage laissé par les ancêtres d'Einar, elle avait fini par accepter son sort et fait de son mieux dans les circonstances qui étaient les siennes. Erla avait grandi en ville, à Reykjavík, durant l'après-guerre, et elle n'avait assurément pas projeté de devenir l'épouse d'un fermier dans l'est désertique de l'Islande. Mais elle avait rencontré Einar. L'amour n'attendait pas, et à vingt ans à peine ils avaient eu Anna.

Elle ne vivait plus avec eux, et sa maison était beaucoup plus confortable que la leur. Construite bien après le corps de ferme, à une petite distance, elle était auparavant louée à des exploitants. Le pire, lorsque le temps se déchaînait ainsi, c'était de ne pas pouvoir y accéder – du moins, pas aisément. Au plus fort de l'hiver, la jeep restait généralement garée à sa place. Ses quatre roues motrices, ses clous et ses chaînes ne suffisaient même plus quand la neige s'abattait sans relâche, jour après jour après jour. Dans de telles conditions, le mieux était sans doute de marcher, éventuellement équipé de raquettes. Fort heureusement, Einar et Erla étaient de bons skieurs. Il n'aurait pas été désagréable de pouvoir aller plus souvent skier sur de vraies pistes, même très occasionnellement, mais le temps leur manquait, et leurs finances étaient serrées. L'exploitation suffisait à peine à leur survie, impossible de dépenser des sommes importantes dans les loisirs ou les voyages. Le couple n'en parlait d'ailleurs pas beaucoup. Leur principal objectif, qui n'avait jamais vraiment dévié, était de continuer à trimer pour maintenir la ferme à flot et éviter que leur budget ne tombe dans le rouge. Dans l'esprit d'Einar, l'honneur de sa famille était en jeu. Il portait sur ses épaules le lourd bagage de ses ancêtres, qui semblaient le hanter dans chaque pièce de la maison.

Le grand-père, Einar Einarsson premier du nom, veillait sur eux dans la partie la plus ancienne, où Erla se trouvait à présent. Il avait bâti ces murs « de ses mains nues, à la sueur de son front », lui avait un jour dit son époux. Quant au père, Einar Einarsson deuxième du nom, il avait laissé son empreinte dans la « nouvelle extension », ainsi que l'appelait parfois Erla, la partie bétonnée abritant les chambres qu'il avait construite alors que son mari, Einar Einarsson « le troisième », n'était encore qu'un enfant.

Erla ne nourrissait pas d'attachement particulier à ses origines. Elle n'évoquait que rarement sa famille. Ses parents vivaient à Reykjavík, chacun de leur côté, et elle ne voyait presque plus ses trois sœurs. La distance avait bien sûr joué un rôle dans cet éloignement, mais à vrai dire sa famille n'avait jamais été proche. Après le divorce de leurs parents, les sœurs avaient pratiquement coupé les ponts, et les réunions familiales demeuraient exceptionnelles. Erla ne s'en chagrinait plus ; certes, elle n'aurait pas été contre posséder un ancrage plus solide, mais finalement, elle avait préféré cultiver les liens avec la famille d'Einar.

Fatiguée et lasse, elle resta assise un moment sur le fauteuil. Il était sans doute l'heure de se coucher, mais elle avait envie de s'accorder encore un instant, de profiter du silence, de la tranquillité. Einar dormait depuis longtemps. Pour lui, se lever tôt était une vertu. Mais en plein mois de décembre, à quelques jours de Noël, c'était à peine si le soleil se montrait, et Erla ne voyait pas l'intérêt de se lever aux aurores alors que le monde était encore plongé dans les ténèbres. Le ciel ne s'éclaircissait qu'en milieu voire en fin de matinée, un horaire tout à fait convenable pour s'extirper du lit en cette saison. Si leurs opinions sur ce genre de détails divergeaient, le couple avait appris à ne pas en faire une montagne. Dans cette région isolée, les invités se faisaient rares, il valait mieux se supporter. Eh oui, ils étaient encore amoureux. Peut-être pas comme autrefois, au premier jour, mais leur amour avait évolué et leur relation gagné en maturité.

Erla regrettait d'avoir terminé son livre aussi rapidement, elle aurait dû le savourer un peu plus. La dernière fois qu'ils étaient allés au village, elle avait emprunté quinze ouvrages à la bibliothèque – beaucoup plus que la limite autorisée, mais elle avait une permission spéciale qui lui donnait aussi le droit de garder les livres plus longtemps, jusqu'à deux ou trois mois si la météo était particulièrement mauvaise. Et elle venait de finir le dernier. Elle les avait lus bien plus rapidement que d'habitude, et Dieu seul savait quand elle pourrait retourner à la bibliothèque. Elle fut soudain envahie par cette familière sensation de vide qui la prenait lorsqu'elle achevait une activité et se retrouvait désœuvrée. Quand elle ne savait plus vers quoi se tourner. « Vide » n'était d'ailleurs peut-être pas le meilleur mot ; en vérité, elle se sentait presque prisonnière de ce désert de glace.

À la ferme, ils s'étaient interdit de parler d'enfermement. C'était une idée qu'ils fuyaient autant que possible, par crainte qu'elle ne les étouffe.

Les submerge...

En tout cas, elle avait beaucoup apprécié ce roman, le meilleur des quinze empruntés. Mais pas au point de le reprendre sitôt terminé. Elle avait déjà lu tous les livres de leur collection personnelle, ceux qu'ils avaient achetés et ceux dont ils avaient hérité avec la maison. Certains d'entre eux à plusieurs reprises.

Elle jeta un coup d'œil au sapin, dressé dans un coin. Il avait de l'allure, pour une fois Einar avait fait l'effort d'en choisir un de belle taille. Son parfum entêtant conférait à la petite pièce une agréable ambiance de Noël. Durant les fêtes de fin d'année, ils essayaient d'éloigner les ténèbres et cela apaisait son sentiment de claustrophobie, fût-ce temporairement. Au moins, ils les célébraient dans la plus grande sérénité, sans jamais être dérangés, car personne ne pouvait accéder à leur ferme si reculée lorsqu'une telle quantité de neige recouvrait le sol – à moins de le vouloir tout particulièrement.

Ils n'avaient pas encore décoré l'arbre, se réservant cette tradition pour la veille du réveillon. Toutefois, quelques paquets étaient déjà disposés à son pied. Inutile de les cacher, cela faisait longtemps qu'ils les avaient achetés. Là où ils vivaient, impossible de faire les magasins à la dernière minute ou de passer à l'épicerie parce qu'on s'était rendu compte qu'il manquait de la crème pour préparer la sauce.

Erla savait très bien qu'il y avait des livres parmi ces cadeaux, elle était fortement tentée de prendre un peu d'avance sur les festivités et d'en déballer un. Einar lui offrait toujours des livres à Noël, un ou deux en général, et son plus grand plaisir était de découvrir ces nouveaux ouvrages puis de s'installer dans son fauteuil le plus confortable avec des chocolats pour lire pendant des heures. Tout était prêt pour le réveillon. La boîte de chocolats encore scellée était posée sur la table du séjour. Le cellier était rempli de caisses de soda au malt – spécialité de la saison en Islande – auxquelles il était interdit de toucher avant le jour J. Pour le dîner, elle servirait de l'agneau fumé, bien entendu. Comme l'année passée, et celle d'avant, et toutes les précédentes…

Erla se leva ; le froid lui piqua la peau à l'instant où elle reposa sa couverture. Se dirigeant vers la fenêtre, elle ouvrit le rideau, jeta un coup d'œil aux ténèbres qui s'étendaient dehors et constata qu'il neigeait. Elle en aurait mis sa main à couper. Il neigeait toujours à Noël dans cette région si profondément enfoncée dans les terres, et située bien au-dessus du niveau de la mer. Elle sourit. Ce lieu était pour ainsi dire inhabitable, surtout en cette saison. La ténacité des ancêtres d'Einar forçait l'admiration, et à présent, bloquée ici à son tour, elle devait payer les conséquences de leur sacrifice.

Il fallait faire vivre cette ferme, quoi qu'il arrive. Mais elle ne se plaignait pas. Quelques exploitations voisines – façon de parler, étant donné la distance qui les séparait – avaient été désertées durant la décennie passée, et chaque fois qu'Einar apprenait le départ d'un autre éleveur, sa réaction était la même : il vouait le fuyard aux gémonies.

– Erla ! appela la voix rauque de son mari depuis la chambre.

Elle était certaine de l'avoir entendu ronfler un peu plus tôt.

– Tu ne viens pas dormir ?

– J'arrive tout de suite, répondit-elle avant de souffler la bougie qu'elle avait installée sur la petite table à côté du fauteuil pour créer une atmosphère douillette.

La lampe d'Einar était allumée sur sa table de chevet, éclairant son verre d'eau et, comme toujours, un roman de Halldór Laxness. Erla connaissait son époux par cœur, elle savait qu'il aimait garder un bouquin de l'écrivain nobélisé à côté de lui, même s'il ne l'ouvrait que rarement. Ils possédaient la plupart de ses livres, et elle les avait lus plus d'une fois. En vérité, Einar préférait compulser de vieux journaux et magazines avant de se coucher, surtout les articles traitant d'événements surnaturels. De toute façon, leurs journaux étaient toujours plus ou moins vieux. En hiver, il pouvait s'écouler plusieurs mois avant qu'un nouveau numéro ne leur soit distribué. Ils restaient malgré tout abonnés à la revue de leur parti politique, dont les exemplaires s'empilaient dans leur boîte postale au village, ainsi qu'à d'autres, comme la sélection islandaise du *Reader's Digest*.

Si elle comprenait l'intérêt d'Einar pour l'actualité

politique, son attirance pour les histoires sur l'au-delà ou pour les livres écrits par des médiums en tous genres la laissait perplexe, particulièrement en un lieu pareil.

L'hiver, il ne se passait jamais une journée sans qu'elle perçoive quelque phénomène qui lui glaçait le sang. Cet isolement, ce silence, cette fichue obscurité, tout cela participait à amplifier le moindre craquement dans la toiture ou le parquet, le sifflement du vent, les ombres, au point qu'elle se disait parfois que l'existence serait peut-être plus supportable si elle se mettait à croire aux fantômes.

Mais lorsqu'elle s'asseyait avec un livre à la lueur d'une bougie, elle se laissait emporter vers un monde lointain et ces damnés esprits cessaient de la tourmenter.

Erla s'allongea sur son lit, essayant de trouver une position confortable. Elle s'efforça de se convaincre qu'elle avait hâte d'être au lendemain – plus facile à dire qu'à faire. Elle aurait tant aimé partager le même amour qu'Einar pour ces lieux. Mais le lendemain ne serait guère différent de ce jour-là, ni de la veille. Noël apportait certes un peu de changement, mais rien de très remarquable. Quant au Jour de l'an, il se confondait avec tous les autres, malgré un repas un peu plus festif – de l'agneau fumé, comme à Noël. Ils ne tiraient plus de feux d'artifice depuis des années. On n'en trouvait pas encore en novembre, quand ils faisaient leurs courses de Noël, et cet achat ne justifiait pas un voyage supplémentaire vers le village en plein cœur de l'hiver. De plus, ils étaient assez d'accord sur l'inutilité de lancer des feux d'artifice au milieu de nulle part – c'est ce qu'avait dit Einar un jour, et elle avait acquiescé. Elle devait cependant admettre qu'au fond, ces explosions de couleurs lui manquaient parfois.

– Qu'est-ce que tu fais encore éveillée, ma chérie ? demanda-t-il avec douceur.

Elle voulut lui faire remarquer qu'il n'était même pas vingt-trois heures, mais dans cette pénombre perpétuelle, l'heure n'avait pas vraiment d'importance. Ils vivaient au rythme de la ferme, se couchaient beaucoup trop tôt et se réveillaient au beau milieu de la nuit. Ses protestations muettes, comme le fait de rester à lire dans le salon le plus tard possible, ne changeaient jamais rien.

– Je viens de terminer un livre, répondit-elle. Je n'étais pas fatiguée. Je me demandais aussi si on ne devrait pas appeler Anna, pour voir si tout va bien.

Elle ajouta alors, répondant elle-même à sa question :

– Il est probablement trop tard pour la déranger, cela dit...

– Je peux éteindre ? demanda Einar.

– Oui, vas-y, concéda-t-elle avec hésitation.

Aussitôt, les ténèbres se pressèrent contre eux. C'était à la fois si brusque et si constant. Pas un point de lumière aux alentours. Elle *sentait* la neige tomber dehors, savait qu'ils ne pourraient aller nulle part – sauf bien sûr chez Anna – avant le mois de janvier, au plus tôt. C'était la vie qu'ils s'étaient forgée ici, une vie dont le seul but était de tenir bon.

2

Il était presque vingt-trois heures. Devant la porte de chez elle, Hulda fouillait dans son sac à la recherche de ses clés. Elle n'y voyait rien ; les réverbères de la rue n'éclairaient pas jusque-là, et l'ampoule de leur lampadaire extérieur avait grillé. Jón avait promis d'en racheter une, mais visiblement il ne l'avait toujours pas fait. Elle jura à voix basse. Leur maison se situait à la limite de la ville, en bord de mer, sur la péninsule d'Álftanes, un emplacement agréable, même si depuis quelques mois, la famille semblait en proie à une étrange léthargie, comme si de lourds nuages flottaient au-dessus de leur tête.

Hulda retrouva enfin ses clés. Elle n'avait pas voulu sonner, au cas où Jón et Dimma dormiraient. À vrai dire, elle s'était attendue à rentrer encore plus tard ; son service devait se prolonger toute la nuit, mais pour une fois la soirée avait été plutôt calme, et Snorri l'avait libérée. Malgré les apparences, c'était un homme plutôt sensible, et il devait percevoir que la situation chez elle n'était pas facile ces derniers temps. Jón et elle travaillaient trop, l'un comme l'autre, avec des horaires le plus souvent décalés. Elle devait faire des heures supplémentaires lorsque le planning était trop chargé, et régulièrement prendre des gardes de soirée, voire de nuit. Elle travaillait même souvent les jours fériés, comme ce serait le cas à Noël cette année. Avec un peu de chance, la journée serait tranquille et elle pourrait rentrer à une heure décente.

Un silence absolu régnait dans la maison. Pas de lumière dans le salon, ni dans la cuisine. Et aucune odeur de nourriture. Encore une fois, Jón n'avait pas eu le courage de cuisiner. Il fallait qu'il s'occupe correctement des repas de Dimma, elle ne pouvait quand même pas se contenter d'un bol de Cheerios avec du lait matin et soir. Ses sautes d'humeur n'étaient pas près de s'améliorer si elle ne se nourrissait pas correctement. À peine commencée, sa crise d'adolescence promettait déjà d'être difficile. Depuis quelque temps, Dimma négligeait ses amis à l'école, elle restait le plus souvent seule à la maison et passait ses soirées enfermée dans sa chambre. Hulda s'était imaginé qu'Álftanes serait le lieu rêvé pour élever un enfant, un parfait mélange de ville et de campagne, à deux pas de Reykjavík mais avec la nature à portée de main, et l'air marin si doux et sain. Mais peut-être s'étaient-ils trompés finalement, peut-être auraient-ils dû se rapprocher de la ville, donner la possibilité à leur fille de vivre dans un environnement plus animé.

Lorsqu'elle s'engagea dans le couloir, la porte de la chambre de Dimma s'ouvrit, laissant apparaître Jón.

– Te voilà déjà ? demanda-t-il, un sourire aux lèvres, ses yeux plantés dans les siens. De si bonne heure ? Je pensais devoir veiller toute la nuit pour te voir.

– Qu'est-ce que tu faisais dans la chambre de Dimma ? Elle dort ?

– Comme un bébé. Je voulais juste m'assurer que tout allait bien, elle n'avait pas l'air en forme ce soir.

– Elle a de la fièvre ?

– Je n'ai pas l'impression, son front n'était pas chaud. Le mieux, c'est de la laisser se reposer. Elle semble un peu morose, ces jours-ci.

Il s'approcha de Hulda et la prit dans ses bras, la ramenant vers le salon.

– Ça te dirait, un verre de vin rouge, ma chérie ? Je nous ai acheté deux bouteilles.

Soucieuse pour sa fille, Hulda hésita. Quelque chose lui déplaisait, mais elle s'efforça de chasser ces pensées – il fallait qu'elle se détende. Son travail était exigeant et elle devait apprendre à lâcher prise en rentrant à la maison. Jón avait peut-être raison, un verre de vin ne lui ferait pas de mal, histoire de faire retomber un peu la pression avant de dormir.

Elle retira son manteau, le posa sur le canapé et s'assit. Jón revint de la cuisine avec deux antiques verres qui appartenaient autrefois à ses grands-parents, et une bouteille de vin. Il la déboucha avec difficulté, puis fit le service.

– Que se passe-t-il, au juste ? On célèbre quelque chose ? demanda Hulda.

– Une bonne journée, répondit-il. Tout simplement. Je crois que j'ai enfin réussi à vendre la maison de la rue Hverfisgata qui me causait tant de souci. La banque n'arrêtait pas de me harceler, ils menaçaient de la saisir. Foutus bureaucrates qui n'y connaissent rien aux affaires. Santé.

– Santé.

– J'aimerais parfois que nous vivions à l'étranger, un endroit où je pourrais négocier avec de vraies banques. On n'arrive à rien dans un pays où les décisions sont le fruit de connivences politiques. Tous les établissements financiers sont dirigés par d'anciens politicards en Islande, c'est absurde. Et comme je n'appartiens pas au bon parti, ça se retourne systématiquement contre moi.

Il soupira. Hulda n'écoutait que d'une oreille, n'ayant pas l'énergie de se mêler aux éternels imbroglios de Jón. Elle avait l'esprit bien assez encombré et n'aimait pas parler travail à la maison, ce qu'il faisait beaucoup trop souvent à son goût. Elle lui faisait entièrement confiance, il gérait ses affaires de main de maître, connaissait tous les trucs du métier. Il achetait de superbes logements et les revendait en un rien de temps avec un beau bénéfice. Entre deux transactions, il s'occupait de son entreprise de grossiste. En tout cas, il avait le mérite d'avoir toujours assuré à sa famille un niveau de vie confortable. Ils étaient propriétaires de cette charmante maison ainsi que de deux voitures, et pouvaient se permettre quelques petits plaisirs occasionnels, comme sortir dîner avec Dimma une ou deux fois par mois, généralement dans leur restaurant préféré de hamburgers. Leur dernière soirée en ville commençait d'ailleurs à dater ; l'adolescente, qui ne semblait plus apprécier les activités avec ses parents, avait régulièrement refusé leurs invitations ces dernières semaines, ces derniers mois.

– Jón, et si nous allions au restaurant demain ?

– Un 23 décembre, à la Saint-Thorlak ? Ça va être bondé !

– J'ai bien envie d'un hamburger et de frites.

– Hmm..., fit-il avant de marquer une pause. On verra. J'ai peur que ce soit complet, et la circulation devient vraiment difficile en soirée. Il faut aussi qu'on décore le sapin.

– Merde. J'ai oublié de l'acheter aujourd'hui.

– Hulda... Tu avais promis de t'en occuper. Il y a toujours un vendeur à côté de ton travail, non ?

– Oui, je passe devant tous les jours.

– Tu penseras à en prendre un dès demain matin ? Sinon, on va se retrouver avec un pauvre sapin en fin de vie.

– Tu as acheté un autre cadeau pour Dimma, au fait ? demanda Hulda après un court silence. On n'avait pas parlé de lui offrir un bijou ? Je lui ai trouvé ce livre pour ados qui lui faisait envie, je crois. Elle a toujours aimé lire le soir du réveillon. Je sais aussi que maman lui a tricoté un pull, pour éviter que le Chat de Noël[1] ne la mange, ajouta-t-elle avec un sourire.

– Je ne sais pas ce qu'elle veut, elle ne m'a parlé de rien, mais je vais m'en occuper demain. Tu penses vraiment qu'elle va mettre un pull tricoté par ta mère ? lança Jón dans un rire. Délicieux, ce vin. Il faut dire qu'il n'était pas donné.

– Oui, il est très bon, répondit Hulda, qui ne s'y connaissait toutefois pas suffisamment pour distinguer un vin cher d'un vin bon marché. Ne te moque pas de ma mère, elle fait ce qu'elle peut.

Elle s'offusquait parfois de la manière dont Jón parlait de sa mère, même si elle n'entretenait pas toujours des rapports très sereins avec elle. Elle tenait à ce que

1. En islandais, *Jólakötturinn*. Chat géant maléfique qui, selon le folklore, mange les enfants qui n'ont pas reçu de nouveaux vêtements à Noël. *(Toutes les notes sont du traducteur.)*

Dimma tisse des liens solides avec sa grand-mère, ce qui avait plutôt bien réussi jusque-là.

– Ça fait un moment qu'on ne l'a pas vue, d'ailleurs, répliqua Jón.

Il avait lancé ce commentaire d'un ton détaché, mais Hulda perçut un reproche entre les lignes, qu'il soit dirigé contre elle ou contre sa mère. Peut-être les deux.

– En toute honnêteté, j'ai été tellement prise ces derniers temps, je ne me voyais pas l'inviter à la maison.

Ce n'était pas tout à fait vrai. En réalité, elle ne se sentait pas très à l'aise en compagnie de sa mère, avec qui les échanges semblaient toujours un peu forcés, gênés, et qui pouvait vite se montrer étouffante. En général, elles n'abordaient ensemble que des sujets superficiels.

Hulda avait pourtant tellement de questions à lui poser sur son passé, notamment sur les raisons pour lesquelles elle l'avait envoyée dans une institution alors qu'elle n'était encore qu'un nourrisson. Elle soupçonnait ses grands-parents d'être à l'origine de cette décision plutôt que sa mère, mais étrangement, elle leur pardonnait plus facilement. Elle n'avait bien sûr aucun souvenir de cette période, toutefois elle ne cessait d'y penser depuis qu'on la lui avait racontée. Cela expliquait peut-être le peu de connexion qu'elle parvenait à établir avec sa mère. Elle ne supportait pas l'idée d'avoir été seule, abandonnée, de n'avoir peut-être pas été aimée.

Elle sirota une nouvelle gorgée du vin coûteux de Jón. Au moins, quelqu'un l'aimait à présent. Elle avait fait un mariage heureux, et leur fille était adorable. Restait à espérer que celle-ci retrouverait le sourire d'ici Noël.

Et justement, tandis qu'elle pensait à Dimma, un bruissement se fit entendre dans le couloir.

– Elle est réveillée ? s'exclama Hulda, se levant à demi.

– Reste assise, ma chérie, dit Jón en lui empoignant la cuisse – un peu trop fermement à son goût, mais elle ne dit rien.

Suivit un claquement de porte, puis le bruit d'un verrou.

– Elle est juste allée aux toilettes. Détends-toi, ma chérie. Nous devons lui laisser un peu d'espace. Elle grandit si vite.

Il avait raison, bien sûr. L'adolescence était une période de grand bouleversement, et tout le monde ne l'affrontait pas de la même manière. Ce n'était que transitoire, Hulda devait apprendre à laisser sa fille tranquille. À dompter son cœur impétueux de mère et à écouter plutôt sa raison.

Ils restèrent un moment assis sans parler. Cela ne leur avait jamais posé problème. Jón remplit son verre. Elle ne lui avait rien demandé, néanmoins elle le remercia.

– On prévoit un rôti de porc fumé, comme d'habitude, pour le réveillon ? demanda Jón.

Il n'avait sans doute pas remarqué le paquet de viande rangé tout en bas du réfrigérateur.

– Vous n'avez rien mangé ce soir ? répliqua-t-elle, absorbée dans ses pensées. Et oui, bien sûr, j'ai déjà acheté un rôti.

– Je n'ai pas eu le temps de préparer quoi que ce soit. Je me suis pris un sandwich en rentrant du travail, et Dimma sait se débrouiller. Il y a toujours du *skyr*[1] ou quelque chose à grignoter au frigo, non ?

1. Spécialité laitière islandaise.

Hulda hocha la tête.

– Journée chargée au travail ? demanda Jón avec tendresse.

– Assez. On doit toujours jongler entre plusieurs affaires, nous sommes trop peu nombreux.

– Enfin, voyons, nous vivons dans le pays le plus pacifique au monde !

Elle sourit pour essayer de couper court à la conversation. Les crimes auxquels elle était confrontée pouvaient être violents, et elle n'avait aucune envie d'en discuter. Une enquête en particulier continuait de la hanter, même plusieurs mois après. La disparition d'une jeune femme à Selfoss. Un dossier étrange. Peut-être devrait-elle y rejeter un coup d'œil le lendemain.

À nouveau, elle entendit du bruit dans le couloir. Elle se leva, ignorant les protestations de Jón, se précipita et aperçut Dimma qui s'apprêtait à entrer dans sa chambre. L'adolescente s'immobilisa un instant et regarda sa mère dans les yeux. Impassible. Comme dans un autre monde.

– Ma chérie, tu es réveillée ? Tout va bien ? demanda Hulda, percevant dans sa propre voix une pointe de désespoir qu'elle n'arrivait pas à cacher.

Elle sursauta lorsque les mains de Jón lui agrippèrent les épaules, doucement mais fermement. Dimma les regarda l'un après l'autre sans rien dire avant de disparaître dans sa chambre.

3

Assise face à Einar à la table de la cuisine, Erla écoutait les informations de midi sur leur vieux transistor. La voix du présentateur grésillait ; la réception avait toujours été mauvaise à la ferme, et lorsqu'ils s'en étaient plaints, on leur avait rétorqué qu'ils devraient déjà s'estimer heureux de pouvoir écouter la radio. Malgré cette défaillance, ils parvenaient en général à distinguer assez clairement les propos tenus à l'antenne, même au cœur d'une tempête. Pour Erla, la radio était presque la condition *sine qua non* pour continuer de vivre ici. Elle avait beau adorer lire, elle ne s'imaginait pas passer ces longs mois d'hiver sombres et glaciaux sans cette compagnie. Elle aimait particulièrement les pièces de théâtre et les histoires, tout ce qui pouvait stimuler son imagination. Généralement, elle servait le déjeuner durant la dernière chanson, avant le flash info de midi, puis ils s'asseyaient et mangeaient en écoutant les actualités. De fait, ils ne parlaient pas beaucoup. Le repas variait peu d'un jour à l'autre : du pain de seigle, du petit-lait et les restes du dîner de la veille, cette fois-ci de la *kjötsúpa*, une soupe d'agneau aux légumes goûteuse dont le parfum embaumait la cuisine.

Erla observait les lourds cernes sous les yeux de son mari et son front parcouru de rides, son visage marqué par la fatigue bien qu'il eût à peine plus de cinquante ans. Il avait trimé toute sa vie, et cette lutte de chaque instant n'était pas près de prendre fin. Au fil du temps, reclus chez eux une bonne partie de l'année à cause des routes mal entretenues, ils avaient cessé de voir leurs vieux amis et connaissances des environs. Einar, qui avait toujours nourri une passion pour la politique, se contentait aujourd'hui d'acheter la revue de son parti et de voter pour lui ; il semblait plus détaché, ne se lançait plus dans de longues diatribes. Erla partageant son opinion sur à peu près tous les sujets, il n'avait plus personne avec qui débattre, à part peut-être la radio.

Malgré d'incessantes promesses, ils ne recevaient toujours pas la télévision. Chaque année, ils bataillaient avec les autorités responsables, mais rien n'y faisait : à l'heure actuelle, aucun émetteur n'était suffisamment proche de leur domicile. Peut-être devaient-ils s'estimer heureux de ne pas être tombés sous le joug du petit écran, de pouvoir vivre encore un peu comme autrefois... pourtant, Erla devait bien admettre qu'elle n'aurait pas été contre s'asseoir devant son téléviseur au terme d'une longue journée pour regarder les informations et ces feuilletons dont les journaux parlaient sans arrêt. Une deuxième chaîne avait même récemment vu le jour en Islande, mais ils n'allaient pas la capter de sitôt.

– Ça va encore se refroidir, apparemment, marmonna Einar à la fin du bulletin météo.

Trop souvent, leurs conversations à table se bornaient au climat. Cela avait bien sûr son importance, mais Erla aurait aimé aborder des sujets un peu plus profonds.

– Hmm, fit-elle en hochant la tête.

– Et encore une fichue tempête. Toujours plus de neige, on dirait que ça ne va jamais s'arrêter, cet hiver.

– C'est comme ça. On sait à quoi s'attendre, ici, mon Einar. Ça a toujours été comme ça. On est toujours coincés ici.

– Coincés, oui et non… mais c'est vrai que c'est compliqué de se déplacer en plein hiver, dit-il avant de reporter son attention sur son bouillon, évitant le regard d'Erla.

Elle avait terminé de manger, mais ils restaient toujours attablés jusqu'à avoir tous deux fini leur repas. Elle n'était d'ailleurs pas pressée. N'avait rien d'autre à faire que de débarrasser la table.

Elle sursauta lorsqu'un bruit déchira le silence.

On aurait dit un coup contre la porte d'entrée.

Elle regarda son mari, figé le bras en l'air avec sa cuillère remplie. Il l'avait entendu, lui aussi.

– Anna ? demanda Erla. Tu crois que c'est Anna ?

Il ne répondit pas.

– Quelqu'un a bien frappé à la porte, Einar ?

Hochant la tête, celui-ci se leva, et Erla l'imita. Elle le suivit jusque dans l'entrée où il se rendit d'un pas lent, indécis – se disant peut-être qu'ils avaient rêvé, que le vent leur avait joué un tour.

Mais Erla savait que ce n'était pas le cas.

Il y avait quelqu'un derrière la porte.

4

Assise à table, Hulda dut se forcer pour avaler un morceau de raie fermentée. Elle en supportait mal l'odeur, et c'était loin d'être son poisson préféré, mais chaque année le 23 décembre, à la Saint-Thorlak, la cafétéria du travail se pliait à la tradition et servait ce plat. Ceux qui ne l'aimaient pas devaient se contenter de deux ou trois toasts, en essayant de tolérer la puanteur qui imprégnait tout le réfectoire, ou bien sortir s'acheter un sandwich.

Le matin, Jón et elle avaient proposé à Dimma d'aller manger un hamburger pour le dîner, ce qui autrefois suscitait chez elle un enthousiasme débordant, mais aujourd'hui sa réponse avait été bien moins fervente. L'air las, elle avait décliné, prétextant être malade. Quand Hulda avait passé la main sur son front, elle n'avait pas décelé de fièvre. Elle s'accrochait désormais à l'espoir que l'adolescente changerait d'avis au cours de la journée, et qu'ils pourraient passer une délicieuse soirée en famille.

Elle était aussi tentée par une petite balade d'après-dîner sous la neige avec sa fille sur Laugavegur, la principale rue commerçante de Reykjavík. L'occasion d'acheter un ou deux cadeaux supplémentaires et de profiter de cette atmosphère toute particulière avant de rentrer à la maison boire un chocolat chaud. Peut-être cela lui redonnerait-il le sourire. Hulda pourrait offrir à Dimma un nouvel album qu'elle écouterait sur la platine dernier cri reçue pour sa communion. Elle lui laisserait même le droit d'ouvrir son cadeau dès ce soir, après avoir décoré le sapin.

Quoi qu'il en soit, il était hors de question de tolérer une telle morosité tout au long des vacances. Jón et elle allaient devoir employer les grands moyens pour essayer de la sortir de cette… Eh bien, de cette dépression. Non, le mot était sans doute trop fort. Une jeune fille de treize ans ne pouvait tout de même pas souffrir de dépression. Hulda chassa cette idée, elle avait honte de faire toute une histoire de cette situation. Cela ne faisait qu'empirer les choses.

Dimma était juste une adolescente en rébellion. *Ça lui passera*, songea-t-elle.

5

On frappa de nouveau, plus fort. Erla sursauta, restée derrière Einar qui hésita un instant, puis se décida à ouvrir. Aussitôt, une bourrasque neigeuse s'engouffra dans la maison avant que ne se dessinent, face à eux, les contours d'un homme chaudement habillé, avec un épais bonnet sur la tête.

– Excusez-moi, je peux entrer ? demanda-t-il d'une voix étouffée.

– Euh... oui, oui, bien sûr, répondit Einar sans conviction.

Erla crut discerner une pointe d'inquiétude dans sa voix. D'ordinaire, son mari n'avait jamais peur. Mais ils avaient devant eux un parfait inconnu, situation pour le moins inhabituelle. Personne ne voyageait dans les environs en plein hiver. L'été, en revanche, il leur arrivait de recevoir des jeunes qui travaillaient en échange de leur hébergement – une main-d'œuvre précieuse et peu coûteuse.

– Merci beaucoup, dit l'homme en pénétrant à l'intérieur.

Il retira son sac à dos, le posa par terre et s'installa

sur une chaise placée près de la porte pour enlever ses chaussures pleines de neige.

– Il n'y a pas de quoi, répondit Einar, un peu plus détendu. Nous n'avons pas souvent de visiteurs en cette saison. Je devrais même plutôt dire *jamais*. La ferme n'est pas facile d'accès.

Venu à bout de l'une de ses chaussures, l'homme hocha la tête avant de s'attaquer à la seconde.

– Je veux bien vous croire, dit-il puis, voyant qu'il avait laissé une flaque de neige fondue derrière lui, il ajouta : Je suis désolé, je devrais peut-être enlever tout ça dehors.

– Ne vous inquiétez pas, restez donc au chaud, répliqua Einar. Ce n'est pas un peu de neige qui va nous faire peur, vous pensez bien !

– Merci, je passerai un coup de serpillière.

Il retira ensuite son manteau, les joues rougies par le froid et les yeux fatigués.

Il ne va jamais réussir à rentrer chez lui pour Noël, songea Erla. Cette idée ne lui semblait pas déplaisante. L'occasion ne se présentait pas si souvent d'organiser un vrai dîner en ces terres isolées. Le temps allait encore se dégrader, comme l'avait dit le présentateur météo, ce n'était vraiment pas le moment de reprendre la route. L'inconnu semblait épuisé, mais pas blessé.

C'est alors qu'une sensation désagréable l'envahit. Le regardant en coin, elle nota quelque chose d'étrange dans sa manière de se tenir, quelque chose qui la dérangeait. Difficile de mettre des mots dessus. Par réflexe, elle fit quelques pas en arrière, se retrouvant rapidement dans le séjour. Appuyé contre le cadre de la porte, Einar invita l'homme à entrer, sans se rendre compte qu'il lui barrait le passage. Malgré lui, il avait adopté une posture défensive. Et cela pouvait se comprendre, car après tout, un intrus avait soudain fait irruption dans leur maison, et il ne s'était toujours pas expliqué sur sa présence ici. Il le ferait probablement d'une minute à l'autre.

– Nous venions de terminer de déjeuner, dit ensuite Einar. Vous voulez manger un morceau ? Vous devez avoir faim.

– C'est très aimable à vous, à vrai dire je meurs de faim, répondit l'inconnu.

– Nous avons du pain, et il doit nous rester un peu de soupe.

Einar traversa le salon, faisant signe à l'homme de le suivre jusqu'à la cuisine. Erla, d'abord restée à l'écart, leur emboîta le pas. Marchant d'un pas lent, le nouveau venu inspectait les alentours, comme s'il pénétrait pour la première fois dans une ferme islandaise. Peut-être était-ce le cas.

Ils s'assirent tous les trois. La radio diffusait un air de musique classique, toujours déformé par le même grésillement intermittent sur les ondes. L'homme se mit à manger avec appétit, et pendant un moment, ils restèrent muets. Einar et Erla se regardèrent. Était-ce à elle de poser la question qui leur brûlait les lèvres ?

– Ça fait plaisir de voir du monde, c'est une agréable surprise, se lança-t-elle. Je m'appelle Erla, et voici mon mari Einar.

Elle tendit la main et l'inconnu la lui serra.

– Excusez-moi, où sont mes manières ? bafouilla-t-il. Je suis si fatigué, et j'avais si faim. Je m'appelle Leó.

– Et qu'est-ce qui vous amène dans nos contrées en plein décembre ?

– C'est toute une histoire, répondit-il, et Erla crut

déceler une certaine tension dans sa voix. Je suis venu dans la région avec deux amis de Reykjavík. Nous devions rentrer à la maison aujourd'hui, mais je... Eh bien, je les ai perdus, lâcha-t-il dans un soupir.

– Perdus ?

– Oui, je n'arrivais plus à retrouver mon chemin. Ils ont beaucoup plus d'expérience que moi. Ils doivent être terrifiés à l'idée qu'il me soit arrivé quelque chose.

– Que faisiez-vous ?

– Nous étions partis chasser. La perdrix. Je peux peut-être passer un coup de fil ? Vous avez le téléphone, non ?

Il se leva.

– Bien sûr, bien sûr, répondit Einar. Il fonctionne un peu en dents de scie lorsqu'il y a une tempête de neige, mais il ne semblait pas y avoir de problème la dernière fois...

– Hier, glissa Erla. Nous nous en sommes servis hier.

– Il est dans le salon, ajouta Einar.

Leó s'y rendit.

– Il faut faire quelque chose pour avoir une tonalité ? lança-t-il après un bref instant depuis l'autre pièce.

Einar le rejoignit.

– Non, rien, il suffit de décrocher.

Restée assise dans la cuisine, Erla écoutait leur conversation.

– Saloperie, lâcha Einar lorsqu'ils réapparurent tous les deux. La ligne est coupée.

– Coupée ? Mais... mais qu'est-ce que..., balbutia Erla, saisie. Tu es sûr ? Ça fait longtemps que ça ne nous était pas arrivé...

– C'est cette satanée neige, cracha Einar. Toujours la même histoire.

– Ça va revenir ? demanda Leó.

– Probablement, mais peut-être pas sans une intervention. Et nous ne sommes pas exactement prioritaires sur leur liste, comme vous pouvez l'imaginer, ironisa Einar avec un sourire amer. Ça ne va pas arranger votre affaire. Et je n'ai pas de solution. Impossible de prendre la voiture dans ces conditions, en général nous ne bougeons pas de la ferme pendant l'hiver.

– Je vois, répondit Leó. Je ne sais pas si je me sens le courage de repartir immédiatement.

– Non, bien sûr que non. Restez aussi longtemps que nécessaire. Mais il faudrait quand même réussir à prévenir vos amis que vous êtes en vie, non ?

– Oui, bien sûr. J'espère juste qu'ils ne vont pas tout de suite envoyer des secouristes à ma recherche, mais j'imagine que ça ne saurait tarder.

– Ils finiront bien par tomber sur nous, dans ce cas, fit Einar.

– Comment nous avez-vous trouvés, au juste ? s'enquit Erla. Vous saviez qu'il y avait des habitations par ici ?

– *Des* habitations ? Il y en a plusieurs ?

– Deux, en fait, répondit Einar.

– Non, non, je n'en savais rien.

De plus en plus mal à l'aise face à cette étrange visite, Erla essayait de déterminer si l'homme disait la vérité. Difficile de déceler le moindre indice sur son visage inexpressif, dans son regard perçant et concentré. Il avait repris place à la table de la cuisine. Le corps robuste, vigoureux, il devait avoir entre quarante et cinquante ans et paraissait plutôt en forme pour quelqu'un qui s'était perdu au beau milieu d'une tempête de neige, mais les apparences pouvaient être trompeuses.

– Je vous ai trouvés par hasard, poursuivit-il. Un vrai coup de chance. J'ai aperçu des balises qui dépassaient de la neige, j'en ai déduit qu'elles longeaient la route et j'ai essayé de les suivre. Vous voulez dire qu'il n'y a que deux maisons dans le coin ?

– À des kilomètres à la ronde, oui, répondit Einar.

– Il n'y a que nous ici, et notre fille Anna qui habite la maison la plus proche. Mais à pied, ça fait quand même une sacrée trotte, compléta Erla.

– Vous avez eu beaucoup de chance.

– Je m'en rends compte, répondit Leó en continuant de manger sa soupe, qui devait être froide à présent, mais il ne semblait pas s'en formaliser.

– Je n'en ai pas entendu parler aux informations de midi, enchaîna tout à coup Erla, regrettant immédiatement ce qu'elle venait de dire.

Un lourd silence s'abattit sur la pièce. Einar la fixait des yeux, visiblement mécontent.

– Parler de quoi ? demanda enfin Leó qui, à n'en pas douter, avait cependant très bien compris de quoi il s'agissait.

– De vous, du fait que vous vous soyez perdu.

– Ah, oui, je ne pensais même pas que ça pouvait passer aux informations. Mes amis aiment jouer les durs à cuire, je doute qu'ils aillent tout de suite voir la police. Ils vont sans doute essayer de me trouver tout seuls. Ça ne fait pas si longtemps et ils ont une carte de la région – du moins, l'un d'eux. Votre ferme y figure sûrement ? Ils doivent être en chemin, ajouta-t-il avec un sourire gêné.

– Elle est sur certaines cartes, oui. Ils devraient

rapidement passer par ici, si vous vous êtes perdu à proximité. C'est la seule chose à faire.

Après cela, la conversation retomba, et pendant un moment, plus personne ne dit rien. N'osant pas observer l'homme tandis qu'il mangeait, Erla laissa son regard errer de son mari à la fenêtre. Il ne neigeait plus, mais le vent continuait de souffler violemment et, comme d'habitude, la maison accompagnait cette symphonie des éléments : les courants d'air s'infiltraient à travers chaque interstice, chaque fenêtre un peu trop perméable. Les jours les plus rigoureux, comme la soirée précédente, le chauffage ne suffisait plus à vaincre le froid. Le temps s'était légèrement radouci à présent, même si la température demeurait sans doute en dessous de zéro. Relever des températures positives était exceptionnel en cette saison.

– Merci infiniment pour ce repas, dit Leó lorsqu'il eut terminé son assiette.

– Nous avons une chambre d'amis où vous pourrez vous installer, l'informa Einar.

– C'est très gentil à vous.

– Je vous aurais bien accompagné au village demain, mais la route est longue et c'est le réveillon, je ne peux pas me permettre de m'absenter. Sinon, vous pouvez rester chez nous le temps des fêtes, et nous vous ramènerons après Noël. Ou bien je peux vous montrer le chemin, si vous préférez.

– Je m'en voudrais de perturber vos projets. J'essaierai de me remettre en route dès demain matin, si j'ai récupéré. Je devrais m'endormir assez vite après une telle journée ! s'exclama-t-il dans un bâillement. Je repartirai au plus tôt, pour vous laisser fêter Noël tranquillement.

Erla se sentait toujours aussi nerveuse face à l'inconnu. Quelque chose dans son attitude lui déplaisait profondément, quelque chose qui sonnait faux. Comme une vague menace.

– Votre famille va s'inquiéter, dit-elle, d'un ton plus affirmatif qu'interrogateur.

Une expression singulière passa sur le visage de Leó. Il ne répondit pas immédiatement. Après un long moment, comme s'il ne supportait plus le silence, il dit simplement :

– Non, non, personne ne m'attend.

– C'est une drôle de période, pour un tel voyage, insista Erla.

Elle n'arrivait pas à croire un mot de ce que disait cet homme, et la patience dont Einar faisait preuve la déconcertait. Mais peut-être voulait-il juste se montrer poli, lui qui avait appris dès l'enfance qu'on ne refusait jamais l'hospitalité à qui que ce soit.

– Quelques jours avant Noël, précisa-t-elle.

À nouveau, il s'écoula un petit temps avant qu'il ne se décide à répondre :

– Mes amis et moi n'avons pas beaucoup l'esprit de Noël, pour être franc. Nous voulions quand même repartir pour la capitale demain matin, mais c'est tombé à l'eau... Foutue neige, dit-il avec un sourire. Pardonnez-moi l'expression. Vous n'imaginez pas à quel point j'ai été soulagé et heureux en voyant de la lumière chez vous ! Je ne savais plus du tout où j'étais, et je craignais sérieusement de... de me faire avaler par les ténèbres.

– L'obscurité est très intense ici, oui, répondit Erla à voix basse mais d'un ton perçant, et Leó tressaillit. J'espère que vous n'avez pas trop peur du noir.

– Non, non, je pense que ça ira. Et sinon… qu'est-ce que… qu'est-ce que vous faites pour vous divertir le soir ? Vous ne devez pas capter la télévision ici ?

– Non, Dieu merci, nous y échappons encore ! s'exclama Einar.

Erla le regarda furtivement. Elle le connaissait suffisamment pour remarquer qu'il était soulagé de changer de sujet, soulagé de mettre un terme à cet interrogatoire dans lequel elle s'était lancée.

– Nous pourrions peut-être simplement discuter, dit Leó, d'un ton étrangement grave.

– Et si je vous montrais la chambre d'amis ? fit Erla en se levant.

Elle aurait surtout aimé qu'il s'en aille sans tarder. L'idée de dormir sous le même toit que cet individu la terrifiait au plus haut point. Elle essaya néanmoins de se convaincre que tout cela ne rimait à rien – pour quelle raison leur voudrait-il du mal ? Et puis, ils étaient deux contre un.

– Avec plaisir, répondit-il en la regardant droit dans les yeux.

Un instant, elle regretta de nourrir de tels soupçons envers cet homme séduisant, grand et à la carrure solide, doté d'une épaisse chevelure poivre et sel.

– Merci encore pour votre hospitalité. Je ne sais pas ce que je serais devenu si je ne vous avais pas trouvés.

Elle repensa au fait qu'aucune disparition n'avait été signalée aux informations. Étrange, mais peut-être y avait-il une explication parfaitement rationnelle.

– Je dois aller m'occuper de mes bêtes, dit Einar en se préparant à sortir. Installez-vous bien, Leó. Vous pouvez rester aussi longtemps que vous le voudrez.

Erla le mena jusqu'à la chambre d'amis, une petite

pièce à côté de l'ancienne chambre d'Anna. Le couple l'utilisait peu, comme en attestait l'odeur de renfermé qui les accueillit lorsqu'ils y entrèrent. Elle s'empressa d'ouvrir la fenêtre et un courant d'air glacial s'y engouffra aussitôt. La chambre était meublée d'un antique lit usé, d'une table de chevet et d'une commode contenant des draps et des vêtements qu'ils ne mettaient plus depuis longtemps. Dessus ils avaient disposé de vieilles photographies encadrées de la famille d'Einar ou de leur propre collection, comme cette photo en noir et blanc datant de l'époque de leur rencontre, lorsque, jeunes et stupides, ils passaient leur temps libre à errer sur les chemins de terre de tout le pays à bord de leur guimbarde. Il était déjà question alors qu'Einar reprenne l'exploitation de ses parents, mais elle faisait tout pour ne pas y penser, espérant qu'ils finiraient par tracer leur propre chemin, vivre dans la capitale, peut-être même voyager à l'étranger de temps à autre ; évidemment, rien de tout cela ne s'était réalisé. Et tôt ou tard, ce putain d'isolement finirait par avoir leur peau…

À côté de cette photo, on pouvait voir un portrait de famille avec Anna lorsqu'elle était adolescente, jolie jeune fille à la chevelure flamboyante.

– Vous trouverez du linge de lit ici, dit Erla en pointant la commode du doigt, s'efforçant de ne pas paraître trop sèche.

– Merci, merci beaucoup.

Il la regarda – un peu trop longuement à son goût, comme s'il essayait de la déchiffrer, pour une raison obscure. Mais peut-être était-ce encore une fois son imagination qui lui jouait des tours.

Il fit alors un pas ou deux dans sa direction et elle

ne put retenir un léger sursaut, persuadée, l'espace d'une seconde, qu'il allait l'attaquer. Elle respira à nouveau lorsqu'il s'immobilisa et lui dit poliment :

– Je pense m'allonger un peu. La journée n'a pas été de tout repos.

Erla hocha la tête, passa devant lui et sortit.

– Je vais rejoindre Einar, n'hésitez pas à nous faire signe si vous avez besoin de quelque chose. Avec un peu de chance, vous serez rentré chez vous dès demain, conclut-elle avant de fermer la porte derrière elle.

Elle n'avait pas l'habitude d'aider son mari à nourrir les bêtes, il savait se débrouiller, mais elle ne voulait pas rester seule avec cet inconnu, pas pour le moment. Elle enfila son épais tricot, un manteau bien chaud et ses bottes, puis elle sortit dans le froid. Ce n'était pas la température qui la dérangeait le plus. Elle n'avait rien contre un bon bol d'air frais et aimait respirer le vent glacial – il suffisait de bien s'habiller pour ne pas trop en souffrir. Non, le pire, c'était l'obscurité. Durant l'hiver, le soleil se levait à peine en journée, et le soir venu, les ténèbres s'étendaient aussi loin que l'œil portait. Pas un point de lumière à l'horizon, pas un espoir. Pas une lueur en provenance de la maison d'Anna, trop éloignée et dissimulée par le relief. Les seuls moments où Erla supportait de sortir un peu, c'était lorsque la lune réapparaissait, comme une amie qu'elle avait plaisir à retrouver. Mais bien sûr, il y avait l'isolement, ce putain d'isolement, cette certitude qu'elle n'avait aucun endroit où se réfugier, que s'il arrivait quelque chose, aucune issue n'était envisageable, aucune aide ne viendrait… Elle s'empressa de chasser ces pensées de son esprit.

La neige s'était arrêtée de tomber, mais elle ne

tarderait sans doute pas à reprendre. Les hautes congères qui s'accumulaient en cette période se transformaient rapidement en glace et ne fondaient généralement pas avant le mois de février – s'ils avaient de la chance.

Elle aperçut les empreintes de Leó sur le manteau blanc. Sans vraiment savoir pourquoi, elle les suivit. Il avait effectivement longé la route, comme il le leur avait dit. L'unique route qui menait du village jusque chez eux. Et qui passait devant chez Anna.

Comprenant alors ce que cela signifiait, elle eut le souffle coupé, et un frisson glacial la parcourut malgré son pull en laine épaisse et son manteau. Ne distinguant que le sifflement violent du vent, sa vision obstruée par sa capuche, elle se retourna lentement, avec la sensation que Leó, si c'était bien son prénom, se tenait juste derrière elle.

Mais non. Elle était seule au milieu de la tempête, en proie aux démons de son imagination, comme si souvent auparavant. Elle devait retourner à l'intérieur et le confronter. Lui réclamer des explications sur le tissu de mensonges qu'il leur avait raconté.

Ses bottes s'enfonçaient dans la neige. Elle rejoignit la maison d'un pas chancelant, peut-être pas aussi rapidement qu'elle l'aurait voulu, presque comme dans un cauchemar, comme si elle marchait sur place.

Ouvrant enfin la porte, elle tapa des pieds sur le paillasson pour secouer ses chaussures avant de lever d'un coup les yeux – elle avait cette fois bel et bien aperçu un fantôme. Son cœur manqua un battement lorsqu'elle croisa le regard de Leó, debout au milieu du couloir. Elle avait la certitude absolue qu'il venait de sortir de leur chambre en catastrophe.

6

– Nous supposons qu'elle est montée en voiture avec un inconnu, dit l'inspecteur de Selfoss. Nous n'avons pas reçu de nouvelles informations qui pourraient faire la lumière sur ce qui s'est passé.

– Je vois, répondit Hulda.

Elle ne supportait pas l'idée que cette disparition n'ait toujours pas été élucidée, même si tout portait à croire que la jeune fille avait simplement voulu couper les ponts, changer de vie. C'était déjà arrivé, après tout. Une autre théorie suggérait effectivement qu'elle ait fait du stop et ait été victime d'une attaque.

Âgée d'une vingtaine d'années et originaire de Gardabær, banlieue huppée de Reykjavík, elle avait décidé de prendre une année sabbatique avant d'entamer ses études universitaires. Avec un père avocat et une mère infirmière, elle était issue d'une bonne famille. Hulda avait interrogé ses parents sans relâche, et rien n'indiquait un problème au sein du foyer. Une jeune femme tout ce qu'il y avait de plus normal, qui semblait s'être volatilisée.

– Et de votre côté ? demanda l'inspecteur.

– De notre côté ?

– Où en est l'enquête ? C'est de votre ressort, pas vrai ?

– En effet. Elle n'en est nulle part. Pas le moindre indice, pour tout vous dire. C'est pour ça que je vous appelle, j'espérais que vous aviez peut-être du nouveau.

La jeune femme avait logé dans un vieux chalet de vacances juste à la sortie de Selfoss, dans le sud de l'Islande, à une cinquantaine de kilomètres de Reykjavík. C'était la dernière fois qu'on l'avait aperçue ; après cela, plus rien. Le chalet avait évidemment été passé au peigne fin, sans qu'on y trouve trace d'un éventuel affrontement, ni même un indice à propos d'une deuxième personne qui aurait pu l'y accompagner. Ses bagages aussi avaient disparu, tout suggérait donc qu'elle avait quitté les lieux de son plein gré.

La police avait procédé à des fouilles sur les bords de la rivière Ölfusá ainsi que dans les environs du chalet. On avait inspecté les maisons voisines, lancé un avis de recherche, personne ne s'était manifesté. On avait alors commencé à soupçonner qu'elle était, comme l'inspecteur l'avait formulé, montée en voiture avec un inconnu. Elle était jeune, sans défense, extrêmement belle à en juger par les photos, rousse et élancée ; et malgré son jeune âge, elle était rompue aux voyages. Tout le monde s'accordait à dire qu'elle était d'une grande gentillesse, et très créative – elle voulait passer cette année sabbatique à écrire et à peindre. Elle aimait l'art, comme l'avait un jour souligné sa mère alors que Hulda lui rendait visite à Gardabær : « Ses poèmes étaient d'une simplicité si authentique ; et là, elle voulait enfin se lancer dans l'écriture d'un roman. »

L'affaire avait beaucoup attiré l'attention des médias à l'époque, mais le temps passant, les articles s'étaient raréfiés. Tout le monde semblait conclure à un suicide, bien que la police n'en eût aucune preuve.

– Je vous tiens au courant si j'entends parler de quelque chose, Hulda, dit l'inspecteur. Mais si j'étais vous, je ne me ferais pas trop d'espoir. C'est sûrement une ordure qui a réussi à l'attirer dans sa voiture et qui l'a... vous voyez, qui l'a agressée. Ce ne serait pas la première fois. Et ça s'est toujours mal terminé. Je suis sûr qu'elle est décédée. On finira par retrouver son corps, tôt ou tard. Je crois qu'il n'y a rien qu'on puisse faire pour le moment.

Hulda était plus ou moins du même avis. Mais elle ressentait comme un devoir envers la jeune fille. Elle était en charge de cette affaire et ne l'avait toujours pas résolue. Sans parler du fait qu'elle avait besoin de se distraire, de se concentrer sur autre chose que les problèmes avec Dimma qui commençaient sérieusement à peser sur l'atmosphère familiale.

Il régnait une ambiance plutôt détendue au commissariat, tout le monde était plongé dans les préparatifs de Noël et peu de dossiers sérieux étaient en cours, en tout cas rien qui ne puisse attendre le retour des vacances. De service le 25 décembre, Hulda avait bien envie de profiter de cette accalmie pour aller faire un tour en ville, acheter un cadeau à sa fille et rentrer plus tôt à la maison. Mais elle ne se le permettrait pas. Luttant sans cesse pour faire ses preuves au sein de ce monde d'hommes, elle se refusait la moindre faiblesse. Elle ne pouvait pas être la « maman » qui rentre tôt la veille du réveillon. Il fallait qu'elle montre encore plus de zèle que ses collègues masculins. Une injustice, mais la vie était ainsi faite.

Elle salua l'inspecteur au téléphone et continua de feuilleter les rapports de l'enquête, l'esprit cependant entièrement tourné vers Dimma.

7

Unnur retourna à l'intérieur du chalet pour s'assurer qu'elle n'avait rien oublié. Son séjour s'était déroulé dans la plus grande sérénité. Ces derniers mois, elle avait pour l'essentiel laissé le hasard guider sa route, loin des injonctions scolaires, plus libre que jamais. Elle s'était presque surprise elle-même en s'accordant cette année de césure, mais la décision s'était révélée plus facile qu'elle ne s'y était attendue. Elle avait toujours eu d'excellents résultats à l'école et ses parents, un couple sans histoires de Gardabœr, s'imaginaient qu'elle s'inscrirait directement à l'université. Cela avait d'ailleurs été son projet, jusqu'à ce qu'une de ses amies lui fasse part de son intention de voyager à l'étranger pour « se trouver ». Unnur n'avait pas particulièrement besoin de se trouver, elle n'était pas perdue, mais cette perspective lui plaisait. Passer une année à faire tout et rien à la fois, rencontrer de nouvelles personnes, et peut-être trouver l'inspiration. C'était sans doute la principale raison, tout bien réfléchi : elle voulait écrire un livre. Elle écrivait depuis toute petite, et ces dernières années l'envie de se lancer dans un roman avait commencé à émerger. Elle avait songé à partir à l'étranger, comme son amie, avant de finalement décider de voyager en Islande. De se laisser aller au gré du vent, sans destination précise. Elle n'avait pas beaucoup d'argent, elle devrait donc faire preuve d'ingéniosité. Au pire, ses parents pourraient bien sûr l'aider financièrement, mais elle préférait ne dépendre que d'elle-même.

Elle avait passé ces dernières semaines dans ce vieux chalet, tout près de Selfoss. Encore une fois, c'était le hasard qui l'avait menée ici ; elle avait appris qu'une maison servait de résidence d'artistes. Parfaitement consciente qu'elle pouvait difficilement revendiquer ce statut, malgré ses velléités d'écriture, Unnur avait néanmoins pris contact avec la propriétaire, une femme à la retraite qui l'avait aussitôt invitée à prendre un café. Elles avaient discuté de tout et de rien, et la femme avait fini par accepter de prêter le chalet à Unnur : « Aussi longtemps que vous en aurez besoin, vous n'aurez qu'à laisser la clé sous le paillasson en repartant. » Le moment était désormais venu de poursuivre son voyage vers d'autres contrées. Le roman avançait bien, entièrement écrit dans des calepins. Elle en avait déjà rempli un, et bien entamé le deuxième. Ce séjour près de Selfoss avait été l'occasion de faire la connaissance de gens adorables. Les plus proches voisins habitaient à une bonne distance, mais elle s'était fait un devoir de rencontrer de nouvelles personnes. C'était important pour son art, car si elle ne s'était pas lancée dans ce périple pour « se trouver », elle l'avait fait pour découvrir les autres, ressentir et comprendre le monde afin de mieux coucher sur le papier toutes ces idées qui fusaient dans sa tête.

Après avoir vérifié qu'elle n'avait rien oublié, elle referma derrière elle et prit soin de placer la clé sous le tapis. Elle n'avait qu'un sac à dos pour bagage et, rangés à l'intérieur, ses calepins étaient son bien le plus précieux. À présent, il lui fallait partir, explorer de nouveaux horizons, enrichir son expérience. Peu importait où, elle n'avait d'ailleurs rien décidé, rien organisé. Elle était libre comme l'air, et c'était ainsi qu'elle comptait vivre cette année.

Unnur longea d'un pas tranquille la route qui menait vers Selfoss. Dans l'aube à peine naissante, la circulation était faible. Elle avait l'habitude de se lever tôt, aux aurores à vrai dire, et le fait qu'elle gère son temps comme elle l'entendait, qu'elle n'ait de comptes à rendre à personne n'y avait rien changé. Elle était d'avis qu'il lui fallait conserver une discipline de fer afin de parvenir à écrire son roman. Cette nouvelle vie lui plaisait tant qu'elle envisageait désormais d'abandonner ses projets d'études universitaires. Elle devinait déjà le concert de protestations qu'elle subirait de la part de ses parents, et peut-être n'était-ce effectivement qu'une illusion, une idée qui semblait bonne à cet instant mais qu'elle se retrouverait incapable de concrétiser le moment venu. En tout cas, le plus important était de terminer l'écriture de son livre.

Se faire prendre en auto-stop requérait une certaine patience. Peu de chauffeurs étaient prêts à s'arrêter et à accueillir une parfaite inconnue à bord de leur véhicule. La plupart du temps, les conducteurs islandais s'adressaient à elle en anglais – seuls les touristes étrangers faisaient du stop. À vrai dire, le fait de ne pas rentrer dans une certaine case la réjouissait. Consciente que sa mère n'aurait pas approuvé ce mode de transport, elle lui avait fait croire que pour se déplacer, elle prendrait le bus. D'ailleurs, elle ne s'était pas étendue avec ses parents. Elle leur avait juste dit qu'elle voyagerait dans le pays pendant un an, qu'elle trouverait des petits boulots ici ou là pour gagner de quoi vivre. Parfois, elle leur envoyait des lettres, et en retour, ils la laissaient mener sa vie, ils lui faisaient confiance. Tout ce qu'elle avait promis, c'était de revenir ensuite vivre chez eux à Gardabœr, et de s'inscrire à l'université.

Plusieurs voitures l'avaient dépassée sans lui accorder la moindre attention. Cela ne la dérangeait pas plus que cela, elle n'était pas pressée. Le prochain chapitre de son aventure ne faisait que commencer. Elle espérait pouvoir s'arranger, travailler en échange d'un logement, même si, avec ses économies, elle avait de quoi se payer une chambre. Elle n'était pas bien riche, mais savait faire bon usage du peu d'argent qu'elle possédait. De toute évidence, ses parents lui enverraient de quoi tenir si elle le leur demandait – un filet de sécurité qui la rassurait, bien qu'elle fût déterminée à n'y faire appel qu'en cas d'absolue nécessité... Issus de familles aisées, ils avaient fait de longues études et occupaient de bonnes situations. Unnur s'agaçait parfois d'avoir bénéficié de tels privilèges tout au long de sa vie. Avant toute chose, elle voulait rester indépendante, s'en sortir toute seule, et pour la première fois, elle avait la sensation d'avoir enfin coupé le cordon.

Elle entendit un véhicule approcher. Elle s'arrêta et, se retournant, aperçut une vieille BMW blanche, comme celle que ses parents possédaient autrefois. Unnur fit un signe de la main et la voiture ralentit. Enfin. Elle s'apprêtait à franchir l'étape suivante de son voyage, n'ayant aucune idée d'où celui-ci la mènerait.

8

Erla se figea sur le paillasson, incapable de prononcer un mot. Son cœur tambourinait contre sa poitrine et, pour la première fois depuis fort longtemps, elle était terrifiée.

– Je cherchais... euh... la salle de bains, dit Leó.

Il mentait. La porte de leur chambre restait toujours ouverte, impossible de la confondre avec la salle de bains, également ouverte d'ailleurs. L'homme n'avait pas pu la manquer.

– C'est..., balbutia-t-elle. C'est ici, juste à côté de votre chambre.

– Ah oui, bien sûr, je m'en souviens maintenant.

Il sourit. Un sourire charmant, à sa manière, mais qui fit naître un sentiment de menace encore plus fort chez Erla. Elle n'avait cependant pas le courage de le mettre face à ses mensonges, pas tant qu'Einar était absent. Réprimant son envie de se précipiter dans sa chambre pour vérifier si l'inconnu avait touché à quelque chose, elle décida de ressortir, même si cela pouvait paraître étrange, et d'aller se réfugier auprès d'Einar.

Elle observa son mari qui donnait à manger aux moutons. L'esprit tourmenté, elle se demanda si elle devait partager son désarroi ou se contenter de rester sur le qui-vive, de surveiller l'inconnu en s'assurant qu'Einar se trouve toujours à proximité. Et d'espérer qu'il ne se passe rien, que l'homme reparte simplement le lendemain matin. Mais elle avait la sensation de se bercer d'illusions.

– Tout va bien, ma chérie ? demanda-t-il.

Visiblement, elle avait du mal à cacher sa peur.

– Oui, oui, ça va. Je m'inquiète juste par rapport à cet homme. Ça me met mal à l'aise de le savoir ici.

– Mal à l'aise ? Pourquoi ? Ce n'est pas la première fois que nous recevons des inconnus à la maison.

– Oui, mais c'est différent, cette fois.

– Différent ? En quoi ? Nous avons déjà logé des voyageurs qui débarquaient à l'improviste. Tu t'es même souvent retrouvée seule avec eux à la maison.

Elle hocha la tête.

– Non, la seule différence, ma chérie, c'est que cette fois, nous n'allons pas demander d'argent à ce pauvre gars, c'est hors de question. Il est de notre devoir de lui porter secours. Tu n'es pas d'accord ? Tu veux qu'on le fasse payer ?

– Payer ? Non, bien sûr que non, ce n'est pas la question, Einar. Mais tu ne trouves pas cette histoire étrange ?

– C'est vrai, nous n'avons pas l'habitude d'avoir de la visite en plein hiver, mais ça peut toujours arriver, mon amour. Ne nous emballons pas, faisons preuve de générosité envers cet homme, puis il reprendra sa route.

Elle acquiesça à contrecœur.

9

Le soleil s'était couché et en fond sonore grésillait la voix d'un journaliste qui avait traversé montagnes et déserts de roche depuis la capitale, à l'autre bout du pays, pour leur parvenir. Le couple dînait, assis à table avec leur invité. Ils avaient hérité des parents d'Einar le mobilier jaune et blanc de la cuisine, ainsi que la table, une antiquité massive en bois. En revanche, Erla avait acheté les chaises, frustrée de vivre dans un foyer où rien ne lui appartenait vraiment. Elle avait toutefois fini par s'y habituer, et au fil des années son agacement s'était mué en indifférence.

Toujours en retrait, elle laissait Einar se charger de la conversation.

– Vous ne mangez pas de raie à la Saint-Thorlak ici ? demanda Leó en savourant le plat d'agneau qu'elle avait préparé.

– Ce n'est pas dans nos habitudes, non, répondit Einar. Ça n'a jamais fait partie des traditions de ma famille. Et je m'estime chanceux. Le poisson avarié, très peu pour moi ! lança-t-il en éclatant de son rire grave.

– Et comment vont les affaires ? Ce n'est pas trop dur, de gérer une exploitation ici ?

– C'est un combat de tous les instants, vous pouvez me croire, mais on tient le coup. Je n'ai pas envie d'être celui qui abandonne ses terres !

– N'est-ce pas inévitable, à la fin ? Les temps changent...

– Je suis assez vieux jeu, il me semble important qu'on continue de travailler la terre partout dans notre pays. Mais je vois bien que vous découvrez tout ça, vous n'avez sans doute jamais vécu à la campagne.

– Non, en effet. J'admire votre persévérance.

Erla bataillait contre l'envie d'interrompre cette discussion superficielle pour demander à Leó de dévoiler ses intentions. Pourquoi était-il venu ici ? Que leur voulait-il vraiment ? Mais peut-être devait-elle d'abord en toucher un mot à Einar, qui ne semblait pas inquiet du tout. Il avait même cherché à la rassurer, un peu plus tôt.

– Vous arrivez à vous déplacer, l'hiver ?

– Pas souvent, répondit Einar. La route reste condamnée pendant des mois, elle est au mieux difficilement praticable. Nous ne sommes pas assez importants, voyez-vous. Ils ne déblaient pas la neige, et puis de toute façon, il faut bien que quelqu'un surveille les bêtes.

– Tout le monde se fiche de nous, glissa Erla.

– Je n'irais peut-être pas jusque-là, fit Einar avec un sourire maladroit. Mais disons que si nous étions... admettons, au Parlement, ou que nous connaissions des députés, peut-être que quelqu'un aurait mis la pression pour qu'on maintienne notre route ouverte plus longtemps. Tout ça, c'est politique, vous pensez bien. N'est-ce pas comme ça à la capitale aussi ?

Leó ne répondit pas immédiatement.

– Sans doute, oui.

En l'observant, Erla eut la sensation qu'il ne devait pas beaucoup s'inquiéter de connaître les bonnes personnes. Qu'il avait un niveau de vie satisfaisant, un revenu convenable. Venir chasser en pleine montagne à cette saison n'était pas un passe-temps ordinaire pour un citadin. Cela évoquait plutôt le désir d'aventure d'un petit-bourgeois. Si seulement ils étaient riches... Ils pourraient peut-être vivre ailleurs. Einar n'accepterait jamais de vendre ses terres, mais Erla rêvait parfois qu'ils déménagent tout en restant propriétaires de leur exploitation, en en confiant la gestion à quelqu'un par exemple, un compromis que son mari pourrait accepter. C'était dans ce but qu'elle jouait à la loterie à chaque fois qu'elle descendait au village. La jeune vendeuse du bureau de tabac souriait quand elle la voyait arriver : « Ce sera un ticket de loterie, aujourd'hui, Erla ? » Et elle de répondre : « Tu sais quoi ? Cette fois-ci, c'est la bonne, je le sens ! » Un habitant d'un village voisin avait remporté le gros lot peu de temps auparavant. Il était parti vivre à la capitale.

– Je vous en prie, resservez-v..., commença Einar avant que la lumière de la cuisine ne se mette à vaciller.

– Qu'est-ce qui se passe ? demanda Leó.

L'électricité était probablement sur le point de se couper. La lumière continua de clignoter, de diminuer, avant de revenir à pleine puissance comme si de rien n'était.

– Ce n'est pas nouveau, répondit Einar. Les coupures de courant sont notre pain quotidien. Enfin, peut-être pas quotidien, mais ça arrive bien trop souvent.

– Bon sang, je ne m'attendais pas à ça.

– Bienvenue à la campagne, mon vieux ! Il va falloir vous y faire. Nous avons toujours des bougies à disposition et des allumettes dans la poche. Des lampes torches aussi, bien sûr, mais les bougies sont plus chaleureuses.

Il tira une boîte d'allumettes de la poche de sa chemise avant d'ajouter :

– Toujours prêt.

À nouveau, il s'efforça de sourire, mais Erla sentit une hésitation. Se rendait-il compte que cette visite avait quelque chose d'étrange ?

– Ils n'ont toujours pas lancé d'avis de recherche, dit-elle à mi-voix, juste assez fort pour que les deux hommes l'entendent.

– Je n'ai pas vraiment écouté, répondit Leó.

Une fausse excuse, ils n'auraient certainement pas manqué l'annonce si les informations avaient fait état de la disparition d'un chasseur.

– Et le journal n'est pas terminé, ajouta-t-il.

Le couple ne répondit pas. Baissant les yeux sur son assiette, Leó planta sa fourchette dans un morceau de viande avant de la porter à sa bouche. À la radio, le journaliste poursuivait son monologue.

– Ils sont probablement tous à ma recherche, ils ne sont peut-être pas encore redescendus de la montagne. Mes amis, je veux dire. Ça... Ça doit être ça. Ils préfèrent sans doute éviter d'alerter les secours pour rien.

– Tous ? demanda Erla.

– Hmm ? marmonna Leó.

– Vous avez dit « tous », répéta-t-elle. Ils sont *tous* à votre recherche...

– Oui... Quel est le problème ? fit-il d'un ton soudain plus acerbe.

– C'était juste une question. Je trouvais la tournure étrange, répondit Erla en s'efforçant de garder son calme.

Avec un peu de chance, sa voix ne trahissait pas à quel point son cœur battait vite, à quel point elle était nerveuse.

– Étrange ? l'interrogea Einar à son tour. Pourquoi ?

Elle regarda son mari, puis l'inconnu.

– Tout à l'heure, vous disiez avoir voyagé avec deux amis, il me semble ?

D'abord décontenancé, Leó s'empressa de répondre :

– J'ai dit ça ? Deux ? Non, non, ils sont trois. Nous étions quatre au total. On ne... on ne se lance pas dans une telle expédition sans un... un bon groupe. Sans être bien entouré.

Cette fois, plus de doute : il mentait. La lumière se remit à clignoter et, tandis qu'Erla réprimait un frémissement, Einar saisit l'occasion pour changer de sujet.

– Fichu réseau électrique.

C'était tellement lui. Il n'avait jamais pu supporter les conflits, les évitait toujours soigneusement. Telle la rivière, il cherchait le chemin qui lui opposait le moins de résistance. Jusqu'à ce qu'il en ait assez. Il devenait alors imprévisible. C'était son Einar, il était ainsi, et on ne pouvait pas le changer. Ce n'est pas à un vieux singe qu'on apprend à faire la grimace. Erla devrait prendre les devants, comme toujours, si elle voulait les débarrasser de cet homme dangereux.

– Il faut toujours que ça tombe à Noël, poursuivit Einar.

– Ça doit être pesant.

– Oh que oui, mais c'est comme ça. Il y a beaucoup

de pression sur le réseau au moment des fêtes. Nous avons l'habitude, n'est-ce pas, Erla ?

Elle hocha la tête sans ouvrir la bouche.

– Ce n'est pas forcément désagréable. On ouvre nos cadeaux et on lit à la lueur des bougies, comme au bon vieux temps. Ma famille habite la région depuis des siècles. C'est chez nous, ici, notre sanctuaire sur cette terre maudite. Il faut prendre soin de ce dont on a hérité.

– Vous avez raison.

– Et vous, Leó, que faites-vous dans la vie ? demanda Erla. Vous disiez voyager avec vos amis de la capitale, vous habitez donc à Reykjavík ?

– Hein ? Euh, oui, j'habite à Reykjavík, c'est bien ça. Je suis prof.

– En congé pour Noël ?

– Tout à fait.

– Dans quelle école ?

– Quelle école ? répéta-t-il, comme pour gagner du temps – *il n'a visiblement pas préparé son mensonge*, se dit Erla. À l'université.

– Et qu'est-ce que vous enseignez ?

– La psychologie.

– Ça alors ! Vous êtes psychologue ? Pas croyable. Vous n'allez pas vous mettre à nous analyser ? demanda Einar sur le ton de la plaisanterie, sans toutefois parvenir à alléger l'atmosphère.

– Je ne me permettrais pas, répondit Leó avec un sourire forcé.

La lumière vacilla de nouveau.

– Bon, là, j'ai bien peur que l'électricité nous lâche complètement. Ça commence toujours comme ça. Vous avez des bougies dans votre chambre, Leó, pour la nuit ?

Einar regarda d'abord l'inconnu, avant de se tourner vers Erla.

– Je ne crois pas, répondit celle-ci. On devrait pouvoir en trouver une de secours quelque part. Juste pour cette nuit. Avant qu'il ne reparte, demain matin. Vous comptiez reprendre la route de bonne heure ? Dès qu'il fera plus clair ?

– Absolument.

– Prenez mes allumettes, dit Einar en lui tendant le paquet de sa poche. Nous avons ce qu'il faut dans la chambre. Et ne vous laissez pas impressionner par l'obscurité, mon ami.

– Merci beaucoup pour ce repas, c'était délicieux.

– Erla est une cuisinière hors pair. N'hésitez pas à vous resservir !

– Non merci, je suis repu. Vous m'avez vraiment sauvé. Je commence à me remettre de mon expédition. Vous devriez ouvrir une auberge.

Ses yeux allaient d'Erla à Einar, qui souriait.

– Nous recevons des voyageurs de temps en temps, nous avons l'habitude. La dernière fois, à la fin de l'été, c'étaient deux jeunes garçons fringants venus de la capitale. Ils sont restés chez nous trois ou quatre nuits. Ce qui me fait penser, Erla : j'ai posté leur lettre l'autre jour.

– Leur lettre ?

– Oui, je l'ai trouvée dans la bibliothèque et je l'ai prise avec moi. Ils devaient se demander où elle était passée – enfin, tout au moins son destinataire.

– C'est un…, hésita Leó qui semblait avoir du mal à trouver les bons mots. C'est un autre rythme, la vie à la campagne.

– Vous ne croyez pas si bien dire. Ici, les journaux

sont déjà anciens quand ils arrivent, et l'horloge ne fonctionne plus depuis longtemps ! s'exclama Einar dans un éclat de rire un peu trop artificiel.

Erla jeta un coup d'œil par la fenêtre. La neige avait recommencé à tomber, elle recouvrirait bientôt les empreintes laissées par Leó. Effacerait toute preuve de son mensonge. Mais elle savait, et cela suffisait. Elle devait rester sur ses gardes pour assurer leur sécurité à tous les deux. La neige avait beau embellir le paysage, sa manière de resserrer son étreinte autour d'eux ne faisait qu'accroître leur enfermement. Cet inconnu s'était immiscé dans la vie paisible de leur foyer et l'avait empoisonnée. Oui, il n'y avait aucun autre mot pour le décrire : un poison toxique. Le vent hurlait dehors, comme un mauvais présage venu rompre la sérénité qui rimait normalement avec Noël.

– Et si nous passions au salon ? proposa Einar en se levant. Un café, ça vous dit ?

– Avec plaisir, répondit Leó en l'imitant.

– Je vais le préparer, dit Erla tandis qu'ils quittaient la pièce.

Elle attrapa le paquet de café dans le placard, vida plusieurs cuillerées dans le filtre, versa de l'eau dans la cafetière et l'alluma. Contemplant les gouttes qui tombaient une à une, elle écouta l'écho de la conversation entre les deux hommes. La radio encore allumée diffusait le bulletin météo et elle s'empressa de l'éteindre ; elle n'avait pas besoin d'entendre que le temps allait se gâter, ce n'était pas une grosse surprise.

Rejoignant le salon à son tour, Erla fit le service et se versa une généreuse quantité de café. Elle voulait rester éveillée ce soir.

– Du lait, du sucre ? demanda-t-elle à Leó.

Elle connaissait la recette de celui d'Einar par cœur : beaucoup de lait, beaucoup de sucre.

– Je le bois noir, merci.

Elle s'assit et, pendant un moment, ils restèrent tous trois muets. On apercevait par la fenêtre la neige qui tombait, ou plutôt qui tourbillonnait.

– Vous avez un beau sapin, commenta l'inconnu pour briser le silence.

Erla décida de ne pas répondre. Elle avait beau être d'une nature courtoise, cette fois-ci elle comptait bien laisser à son mari la charge des bavardages. Tout ce qu'elle voulait, c'était se débarrasser de cet homme. Hors de question qu'il se sente le bienvenu. Elle n'était peut-être pas toujours au comble du bonheur dans cette maison, mais malgré tout, c'était leur foyer, à elle et à Einar, elle y était en sécurité, sereine. Or, à présent, ces deux sentiments étaient compromis.

– Oui, il est peut-être un peu grand, répondit Einar. J'en voulais un plus petit, mais c'est difficile de se rendre compte de la taille avant d'être dans le salon.

– En tout cas, l'atmosphère se prête parfaitement à la saison des fêtes chez vous. Ça fait longtemps que vous habitez ici ?

Bien trop longtemps, voulut répondre Erla.

– J'y ai vécu toute ma vie, dit Einar avec fierté. Erla vient de Reykjavík, elle a reçu cette ferme en récompense pour m'avoir épousé ! On est bien, ici. On s'habitue au calme et au silence. Bien sûr, ça dépend des gens, mais je crois que ça nous convient à tous les deux. Ça doit être un sacré changement pour vous !

– On peut dire ça. J'ai grandi dans l'agitation de la ville. Je suis presque triste de devoir repartir demain, j'imagine qu'il règne une ambiance toute particulière à Noël, le soir du réveillon, avec la neige et la nature tout autour.

– En effet, mais vous allez la manquer, rétorqua Erla d'un ton déterminé.

– C'est très paisible, bien sûr. Mais nous préparons un bon repas, nous savons nous faire plaisir, et évidemment nous écoutons la messe à la radio si la réception est bonne. C'est variable, comme vous avez pu le constater. Le mieux est de connaître tous les psaumes par cœur, comme ça, on n'est pas obligé de comprendre ce que le pasteur dit, ajouta Einar avec un sourire.

– Il n'y a pas d'église dans les environs ? fit Leó.

– Ah, ça, non. Ce n'est même pas la peine de songer à aller à l'église en plein hiver. Je me rappelle que ma mère le vivait assez mal, mais Erla et moi essayons de ne pas trop nous laisser affecter. On se fait à tout, comme on dit.

– Et..., commença Leó en se tournant vers Erla. Votre fille, elle vient demain ? Vous ne disiez pas qu'elle vivait près d'ici ?

– Elle sera là demain matin, répondit aussitôt Erla d'une voix sèche. Vous serez sûrement déjà parti, Leó. Elle fête Noël avec nous, bien évidemment.

– Et quel... quel âge a-t-elle ? demanda l'inconnu après un bref silence.

Réfléchissant à la bonne tournure, Erla ne répondit pas immédiatement. Le moment était venu de dévoiler les mensonges de ce sale bonhomme. Elle jeta un rapide regard à Einar, essayant de lui faire comprendre : *Je m'occupe de tout.*

– Vous devez bien le savoir, lâcha-t-elle enfin d'un ton brusque, presque accusateur.

La phrase tomba comme un couperet. Leó tressaillit

sur le canapé, renversant quelques gouttes de la tasse qu'il tenait à la main.

– Pardon ? souffla-t-il enfin.

Les lumières se remirent à clignoter, encore plus intensément qu'auparavant. L'obscurité persista avant que tout ne revienne à la normale. L'occasion rêvée pour l'invité d'ignorer la remarque d'Erla.

– Eh bien, ça fait tout drôle, bafouilla-t-il. On ne peut rien faire pour arranger ça, pour éviter que l'électricité ne se coupe complètement ?

– Rien du tout, l'ami, répondit Einar avec un sourire, semblant prendre un malin plaisir à taquiner le gamin de la ville.

Pendant que celui-ci sirotait son café, Erla se fit la remarque que dans la cuisine, il aurait été aisé de glisser quelque chose dans sa tasse, quelque chose qui lui aurait au moins permis à elle de dormir sur ses deux oreilles. Vu la tournure des événements, une nuit blanche l'attendait.

– Merci pour le café, dit Leó qui y avait pourtant à peine touché. Et pour votre accueil. Je vous serai toujours reconnaissant.

– Vous n'avez pas besoin d'aller vous coucher tout de suite, répliqua Einar. Erla et moi apprécions la compagnie.

– C'est très aimable, mais je sens la fatigue venir, et après tout c'est la veille du réveillon, vous devez avoir des choses de prévues pour la soirée. Avec tous ces préparatifs.

Rien de prévu, non, songea Erla. Cela faisait déjà longtemps qu'elle avait tout organisé pour Noël, et ce sans l'aide de son époux, pour qui cette fête ne constituait pas une occasion particulière. Dans sa vie, les journées se suivaient dans une douce monotonie, et il ne semblait pas spécialement enclin à faire une différence pour Noël, Pâques ou les autres célébrations. Ils n'allaient jamais nulle part, et Erla devait toujours prendre la moindre initiative. Elle avait parfois envisagé de ne rien faire pour Noël, histoire de voir s'il réagirait. Remarquerait-il si elle s'abstenait de lui demander de couper un sapin, si elle se contentait de faire cuire du boudin pour le réveillon et ne lui prévoyait aucun cadeau ?

– Restez donc encore un peu avec nous, dit Einar. Terminez au moins votre café.

– Merci, d'accord, répondit Leó.

Il avait surtout l'air de vouloir s'en aller. Il jeta un regard autour de lui, et Erla se demanda s'il cherchait quelque chose ou s'il essayait de déterminer quelle issue de secours serait la meilleure pour échapper à ce trio infernal.

– Quelle taille fait la maison ? demanda-t-il soudain.

– Quelle taille ? Ça, je ne sais pas précisément, répondit Einar. Je n'ai pas vraiment eu à me poser la question depuis longtemps, ce n'est pas comme si j'envisageais de vendre. C'est ici que nous avons l'intention de vieillir, tous les deux.

Il sourit à Erla qui demeura impassible.

– Elle est de plain-pied, d'après ce que j'ai cru voir.

– Si l'on exclut les combles.

– Ah, d'accord. Ils sont habitables ?

– On s'en sert principalement comme débarras, mais il y a une pièce que nous louons parfois aux voyageurs.

– Oh, vous savez, je peux m'installer là-haut si ça vous cause moins de dérangement…

– Hors de question. La chambre où vous êtes actuellement est bien plus confortable. Là-haut, c'est trop petit et mansardé. Vous vous êtes retrouvé pris dans une tempête, il faut que vous récupériez. C'est notre devoir de bien accueillir les gens qui ont fait face à une épreuve comme celle-là. Vous auriez pu mourir, vous vous en rendez bien compte ? Sans équipement ni expérience. Il va falloir que vos compagnons de voyage en assument la responsabilité, on doit toujours s'assurer que tout le monde au sein du groupe possède au moins une boussole ou une carte, enfin, quelque chose d'utile pour ce type de circonstance. C'est de la négligence pure et simple de leur part, conclut Einar dans un grondement désapprobateur.

Leó secoua la tête et répondit avec bienveillance :

– Je ne leur reproche pas ce qui m'est arrivé, ce sont de bons gars. Je suis le principal fautif, on doit toujours être prudent et responsable pour soi-même. Chacun est maître de son destin, n'est-ce pas ?

– Je suis bien d'accord, répondit Einar, tandis qu'Erla persistait dans son mutisme.

– En tout cas, c'est une belle maison que vous avez là, très chaleureuse et agréable, je dois dire.

– Oui, on se sent bien ici.

– Et il y a un sous-sol, ou bien… ?

– Un sous-sol ? Oui, il y en a un. Vous voulez nous l'acheter, ou quoi ? lança Einar dans un petit rire, manquant de renverser du café sur sa chemise à carreaux.

– Ce serait un peu trop isolé pour moi. Non, non, je m'intéresse, c'est tout.

– Il n'y a rien au sous-sol, juste des outils, un congélateur et des réserves de nourriture, marmonna Erla en lançant un regard électrique à l'intrus.

– Je vois. Je n'avais de toute façon pas l'intention d'aller traîner là-bas, répondit Leó avant de tenter un sourire.

Lorsqu'il posa les yeux sur elle, elle détourna le regard vers la fenêtre toute noire où se reflétait le salon.

– Vous vous êtes arrêté chez Anna avant de venir jusque chez nous ? demanda-t-elle, les yeux toujours fixés sur la fenêtre, dans laquelle elle observait l'invité.

– Erla, je…, commença Einar.

Ayant bien l'intention d'aller au fond du problème, elle l'interrompit aussitôt :

– Vous vous êtes arrêté chez elle ? répéta-t-elle.

– Excusez-moi, je ne vois pas de quoi vous parlez.

– Anna, notre fille. Je vous ai dit qu'elle habitait la maison la plus proche. Vous êtes bien passé devant chez elle pour arriver jusqu'ici, non ?

– Non, je vous… je vous… ai déjà répondu. Je suis venu directement chez vous. Il n'y avait pas d'autre maison sur la route.

Cette fois, Erla était convaincue que Leó n'était pas celui qu'il prétendait, qu'il était venu ici pour leur faire du mal, d'une manière ou d'une autre.

– Vous mentez, asséna-t-elle. J'ai bien vu d'où vous veniez, Leó. J'ai vu vos empreintes dans la neige. Vous êtes passé devant sa maison, et vous devez bien vous y être arrêté, si vous cherchiez de l'aide.

– Je… je ne me rappelle pas avoir vu une autre maison, mais j'étais absolument épuisé, peut-être que ça m'a échappé. C'est possible.

– Vous avez frappé chez elle ?

– Non, je suis venu directement ici. N'est-il pas possible que vous… que vous ayez mal vu les empreintes dans la neige ?

À son tour, il dirigea son regard vers la fenêtre.

– Allons jeter un coup d'œil dehors et vérifions, je vous jure que je vous dis la vérité.

– Bien sûr qu'il dit la vérité, ma chérie, intervint Einar – elle comprit cependant à sa voix qu'elle était parvenue à semer le doute dans son esprit. Et si nous rallumions la radio ? On ne voudrait pas manquer les dédicaces de Noël. Vous avez envoyé un message, Leó ?

Sa tentative désespérée de changer de sujet ne fonctionna pas. Erla reprit, comme si de rien n'était :

– Il est trop tard, vous le savez très bien, la neige s'est remise à tomber et a recouvert vos traces. Mais il n'y a qu'une route qui mène ici, et elle passe devant chez Anna. Je sais que… je sais que…

C'est alors que l'électricité se coupa.

10

Au coin d'une rue, prise dans un tourbillon de bourrasques glaciales et humides, Hulda écoutait un chœur de jeunes filles chantant Noël en rythme avec le vent. Emmitouflées dans d'épais manteaux, tout comme elle, les chanteuses semblaient déterminées à ne pas laisser cette météo effroyable gâcher l'atmosphère de la Saint-Thorlak. Hulda tenait deux sacs contenant un livre et un disque, deux cadeaux supplémentaires pour Dimma. Il était vingt-deux heures passées, les magasins fermeraient bientôt pour un congé de plusieurs jours.

Elle était seule. Elle n'avait pas imaginé sa soirée ainsi : elle voulait en profiter avec Jón et Dimma, mais leur projet d'aller dîner dehors s'était envolé lorsque l'adolescente avait catégoriquement refusé, avant de s'enfermer dans sa chambre une fois de plus. Ils étaient restés derrière la porte un long moment à essayer de parlementer pour la convaincre ; ils avaient même haussé le ton, mais rien n'y avait fait. Elle ne voulait pas sortir.

– Vas-y, toi, ma chérie, avait fini par lui dire Jón. Détends-toi, profite des festivités de Noël en ville et achète un beau cadeau pour notre Dimma.

Après une longue hésitation, Hulda avait fini par céder. Jón savait se montrer persuasif. Et après tout, son but premier était d'acheter quelque chose pour sa fille. Essayant de sauver les meubles, elle ne cessait de se répéter que cela finirait *forcément* par passer, que Dimma irait mieux le lendemain, qu'elle serait plus en forme. Heureuse et de bonne humeur, comme au bon vieux temps.

Elle remonta la rue Laugavegur à moitié en transe, s'efforçant de s'imprégner de la magie de Noël, sans succès. La foule lui barrait la route et le mauvais temps lui tapait sur les nerfs. Peut-être devraient-ils partir tous les trois à l'étranger ? Une idée comme une autre. Elle demanderait à Jón s'ils pouvaient se le permettre après le Nouvel An. D'après ce qu'elle avait compris, ces derniers mois avaient été plutôt fructueux. Un changement d'environnement aurait peut-être un effet bénéfique sur Dimma, cela la sortirait de cette routine mortifère. Peut-être le couple devrait-il aussi envisager de travailler un peu moins, de passer plus de temps avec leur fille.

Hulda était trop souvent absente, elle en avait conscience.

C'est alors qu'elle repensa à la jeune femme disparue. Unnur. Une enquête toujours en suspens. Il était sans doute trop tard pour la sauver – si toutefois cela avait été un jour possible. Hulda aurait-elle pu faire plus d'efforts pour cette jeune fille ? L'inspecteur de Selfoss avait évoqué la possibilité qu'elle soit montée en voiture avec un inconnu qui l'aurait peut-être attaquée, assassinée. Si tel était le cas, ce criminel courait toujours les rues.

Elle inspira l'air glacial hivernal et tourna les talons, redescendant la rue Laugavegur d'un pas hâtif.

Il fallait qu'elle retrouve un moyen de communiquer avec sa fille, qu'elle l'aide à s'extirper de cette mélancolie.

11

Anna.

Dans l'obscurité de sa chambre, Erla pensait à sa fille. Einar ronflait à côté d'elle, tandis qu'elle ne parvenait pas à fermer l'œil. Il était toujours si insouciant, à mille lieues d'elle.

Comment pouvait-il dormir en sachant qu'il y avait cet inconnu dans la pièce voisine ?

Leó, si c'était bien son prénom, avait bouleversé leur quotidien tranquille, et pendant les fêtes ! Cette fichue coupure d'électricité l'avait tiré d'affaire pour le moment. Dans le noir complet, l'homme avait semblé sous le choc, elle l'avait perçu à sa voix, mais Einar et elle avaient rapidement allumé des bougies et apporté un peu de lumière dans le salon. Après cela, ils avaient finalement décidé d'aller se coucher. Einar enfin endormi, Erla s'était discrètement relevée pour fermer la porte de leur chambre à clé. Ils ne l'avaient pas fait depuis des années, mais fort heureusement, la clé était restée dans la serrure.

Elle avait beau avoir tiré les rideaux, elle sentait la neige qui tombait sans relâche dehors. Pendant qu'Einar s'endormait, elle avait laissé une bougie allumée sur sa table de chevet, prétendant lire un livre qu'elle avait déjà lu, alors que son esprit bouillonnait, l'empêchant de se concentrer sur les lettres noires qui s'alignaient sous ses yeux. Elle avait laissé la bougie se consumer jusqu'à ce qu'elle s'éteigne et que l'obscurité la cerne entièrement. Peut-être que l'électricité était revenue à présent, elle n'avait pas revérifié, mais c'était improbable.

Ils devraient sans doute passer Noël sans courant, c'était déjà arrivé. Ce n'était d'ailleurs pas son principal problème, l'essentiel était de se débarrasser de cet homme. Qu'il quitte leur maison, qu'il quitte leur vie.

Elle ne voyait rien, percevait le froid qui s'insinuait par la fenêtre et entendait seulement le bruit du vent, le hurlement des bourrasques qui aurait sans doute maintenu quelqu'un de moins habitué éveillé toute la nuit. Mais pour elle, c'était la routine de l'hiver dans cette satanée région. Elle tendit l'oreille, essayant de distinguer du bruit en provenance de l'autre chambre à travers le vacarme de la tempête. Non, tout semblait parfaitement calme dans la maison.

Immobile, allongée sur le dos, elle gardait les yeux grands ouverts, fixés sur le plafond. Elle pouvait passer des nuits blanches entières ainsi, lorsqu'elle avait le cœur lourd et qu'elle se demandait ce que sa vie serait devenue s'ils avaient déménagé en ville, si Einar avait pu couper ce putain de cordon ombilical et vendre ses terres, échapper à l'emprise de ses ancêtres. Et si elle n'avait jamais rencontré Einar… La réponse était moins évidente, car sans lui, elle n'aurait pas donné naissance à Anna. Ces questions étaient vaines, mais elle ne pouvait s'empêcher de se les poser, prisonnière de ses propres souvenirs, prisonnière de son esprit.

Erla tendit le bras vers le tiroir de sa table de chevet où elle gardait une autre bougie, puis elle retrouva ses allumettes à tâtons dans le noir. Elle avait besoin d'un peu de lumière, cela ne pouvait plus durer. Se redressant sur son lit, elle alluma la bougie et retint son souffle, à l'affût d'un son dans la chambre voisine. Einar ne broncha évidemment pas, plongé dans le sommeil du juste. En ce qui la concernait, ce n'était même pas la peine de songer à dormir.

La fatigue menaçait pourtant quelque part sous la surface, et bien qu'elle se sente pour le moment bien éveillée, elle courait le risque de tomber de sommeil. Elle pensa à sa famille à Reykjavík, avec qui elle n'avait presque plus de contacts. En fait, elle était coincée dans ce mariage tout simplement parce qu'elle n'avait personne d'autre vers qui se tourner. Elle ignorait ce qu'il adviendrait d'elle si elle repartait vivre à la capitale. Malgré toute cette rancœur et cette frustration qui la rongeaient, elle s'était établie ici, s'était construit une vie.

Toujours assise sur son lit, elle ferma les paupières un instant et écouta le silence. Lorsqu'elle essayait d'ignorer le vacarme du vent dehors, les bruits de la maison prenaient le dessus, s'intensifiant à chaque seconde. Le tic-tac du réveil, régulier et si terriblement assourdissant dans la nuit. Les craquements du bois, auxquels se joignait à nouveau le hurlement de la tempête dans un capharnaüm de plus en plus insupportable, à lui en faire mal aux oreilles. Elle ouvrit les yeux et essaya de contenir son malaise.

C'est alors qu'elle entendit quelque chose…

Un vrai bruit.

Aucun doute, quelqu'un était debout.

Il ne pouvait s'agir que d'une personne. Elle distingua le grincement de la porte de la chambre d'amis, la friction des planches du parquet. Impossible de se déplacer en toute discrétion dans cette vieille maison, mais Leó essayait, et il y serait probablement parvenu si Erla avait été aussi profondément endormie qu'Einar.

Où allait-il comme ça, ce salaud ?

Un autre grincement. Il ouvrait une deuxième porte, elle en était certaine. Avait-il l'intention de monter au grenier ? Difficile à dire. Un instant, elle envisagea de se lancer à sa poursuite à pas de loup dans le noir, de le prendre sur le fait. Mais elle avait trop peur. Elle connaissait cette maison comme sa poche, l'avait parcourue de jour comme de nuit, en pleine lumière comme dans le noir complet, elle s'était habituée à tous ses sons étranges, mais cette fois, la menace était de chair et de sang. Qui sait ce qui pouvait arriver face à un inconnu dans les ténèbres ?

La meilleure solution aurait bien sûr été de réveiller Einar, de réclamer son aide, mais elle hésitait, ne savait pas comment il réagirait, sans parler du fait que le bruit alerterait forcément Leó qui irait immédiatement se réfugier dans sa chambre.

Elle se leva et s'approcha tout doucement de la porte, y colla son oreille et s'assura au passage qu'elle était bien fermée à clé. Ici, elle était en sécurité.

Un silence complet régnait désormais dans la maison. Elle ne parvenait pas à distinguer si Leó se déplaçait encore et où il se trouvait précisément, mais elle était certaine qu'il avait quitté sa chambre, et elle ne l'avait pas entendu y revenir. Elle patienta, jetant de temps en temps un regard vers Einar qui dormait toujours paisiblement.

Alors, elle l'entendit de nouveau. Recollant son oreille contre la porte, elle reconnut le bruit des marches menant aux combles. Aucun doute. Il était donc bien monté, ce salaud. Le bruit de pas se rapprocha et son rythme cardiaque s'accéléra. Elle ne savait pas exactement combien de temps Leó était resté à l'étage, mais cette fois-ci, c'en était trop. Tandis que la porte de la chambre voisine émettait un nouveau grincement, elle se précipita sans réfléchir vers Einar qu'elle secoua doucement pour le réveiller.

– Einar, mon Einar, murmura-t-elle, le souffle haletant. Réveille-toi. Tout de suite. Réveille-toi !

Il ouvrit les paupières.

– C'est Leó, je l'ai entendu, Einar, je l'ai entendu.

Il se frotta les yeux, l'air ébahi.

– Lève-toi.

Il obéit, se redressa avec peine.

– Qu'est-ce qui se passe, ma chérie ? Pourquoi tu me réveilles ?

– Il faut l'arrêter. Leó, il se balade dans la maison, en plein milieu de la nuit.

Einar se dirigea vers la porte, tendant la main vers la poignée.

– C'est fermé... Attends, pourquoi c'est fermé ?

– C'est moi qui ai fermé à clé, à cause de lui.

Elle tourna la clé dans la serrure et laissa Einar ouvrir. Il jeta un coup d'œil dans le couloir, Erla regardant par-dessus son épaule. Rien.

– Donne-moi la bougie, dit-il en désignant la table de chevet.

Elle s'exécuta, puis il sortit de la chambre tandis qu'elle attendait à l'intérieur. Il revint rapidement.

– Il n'y a personne. Tu as rêvé. Il est sûrement profondément endormi, pauvre gars.

Elle secoua la tête, gardant toutefois le silence.

– Recouchons-nous, ma chérie. Ça ne rime à rien d'être debout comme ça au milieu de la nuit.

Il referma la porte sans la verrouiller. Elle se rallongea à côté de lui, se tourna sur le côté, mais prit soin de garder les yeux grands ouverts.

12

– Ta mère vient bien demain, n'est-ce pas ? demanda Jón sans lever les yeux de son livre, assis sur un fauteuil dans le salon.

L'odeur du chocolat chaud qu'il avait préparé un peu plus tôt avec un cacao de première qualité flottait encore dans l'air. L'une des trois tasses qu'il avait servies demeurait cependant pleine sur la table basse.

Occupée à démêler la guirlande lumineuse – une tradition annuelle –, Hulda répondit par un simple « oui ». Elle aurait aimé qu'on lui épargne cette obligation rien qu'une fois, qu'elle ait l'occasion de célébrer le réveillon uniquement avec son mari et sa fille. Elle craignait particulièrement la visite de sa mère cette année, vu les réactions pour le moins imprévisibles de Dimma.

– Tout a l'air fin prêt, dit Jón en levant la tête. Tu ne crois pas, ma chérie ?

– Tout sauf Dimma, bien sûr.

– Oh, on ne pourrait pas parler d'autre chose ? Laissons-la ruminer. Elle va retrouver sa bonne humeur en ouvrant ses cadeaux.

Il sourit, mais Hulda ne perçut pas la moindre

conviction dans son expression enjouée. Ni dans sa voix, d'ailleurs.

En fond sonore, la radio diffusait les dédicaces de Noël, rappel que la saison de l'amour et de la paix était venue. Les sentiments qui animaient Hulda étaient cependant d'un tout autre ordre. Elle était nerveuse, mal à l'aise. Et elle avait... peur, oui, un peu peur, même si elle ne savait pas exactement de quoi.

– Et tu dois vraiment travailler le 25 ? demanda Jón. Aucun moyen d'y échapper ?

– Je n'y peux rien, c'est tombé sur moi cette année. Ça pose un problème ?

– Non, non. Tout ira bien. Dimma et moi allons bouquiner en t'attendant. Peut-être même qu'on fera un puzzle. Il doit y en avoir un vieux qui traîne au grenier, non ?

– Plusieurs, même.

– Ce sera parfait. Comme dans le temps, quand on n'était que tous les deux. Avant la naissance de Dimma, tu te rappelles ? On pouvait passer des journées entières affalés sur le canapé à lire les jours de fête. Sans jamais être dérangés.

– Oui, c'était avant que tu te mettes à travailler comme un forcené.

Il sourit, et elle savait très bien pourquoi. Il utilisait ce sourire pour éviter les affrontements, les conversations difficiles, et elle tombait toujours dans le panneau. Depuis le début.

– Tu t'occuperas bien d'elle, hein ? Quand je ne serai pas là ?

– Le 25 ? Bien sûr.

– Promets-le-moi, Jón.

13

Erla sursauta et tendit la main vers son réveil, essayant de discerner les aiguilles dans le noir. Il était plus de sept heures. Elle s'était finalement endormie. Ses errances nocturnes n'avaient-elles été qu'un rêve, un cauchemar, le fruit de son imagination ? Elle n'en était pas certaine… pas tout à fait, et c'était affreusement désagréable.

Einar n'était plus allongé à côté d'elle. Elle se redressa, tenta d'allumer la lumière, mais l'électricité n'était pas revenue. Comme toujours à cette période de l'année, la maison était plongée dans le noir, aucune différence entre le matin et la nuit, mais le réveil ne mentait pas. Un sentiment de peur l'envahit soudain. Était-il arrivé quelque chose à Einar ? Elle ferma les yeux, tendit l'oreille mais n'entendit rien. Tout était calme et silencieux.

Trop calme ?

Son cœur s'emballa, elle sentait presque ses veines battre contre ses tempes. Toujours en pyjama, elle se précipita dans le couloir, d'où elle discerna de la lumière en provenance du salon. Elle y trouva Einar et l'homme qui prétendait s'appeler Leó, tous deux assis sur le canapé, éclairés par des bougies.

Une odeur de café flottait dans l'air. Lorsque ses yeux se posèrent sur le sapin et les cadeaux à son pied, elle se souvint que c'était le matin du réveillon.

– Tu es réveillée, ma chérie ? fit Einar. Le café est servi.

Figée sur place, elle n'arrivait plus à prononcer un mot. Les secondes s'écoulèrent avec une extrême lenteur tandis que le regard des deux hommes pesait sur elle.

Elle ouvrit la bouche pour dire quelque chose, mais aucun son ne sortit.

– Tu ne veux pas t'asseoir avec nous ?

– Anna ? souffla-t-elle enfin. Elle n'est pas arrivée ?

– Elle peut se déplacer par ce temps ? demanda Leó à voix basse, semblant soudain éviter son regard.

– C'est toujours possible à pied, répondit-elle d'un ton cassant. La météo a encore empiré ?

Elle regarda par la fenêtre. Il neigeait toujours.

– Assieds-toi, mon amour, je ne voulais pas te réveiller, reprit Einar.

Elle se dirigea vers le vestibule.

– Tu as si mal dormi cette nuit, poursuivit son mari. Je me suis dit que j'allais te laisser te reposer encore un peu. Cette fichue coupure d'électricité semble t'avoir perturbée.

– Je suis parfaitement habituée aux coupures d'électricité, répliqua-t-elle.

Arrivée dans l'entrée, elle ouvrit la porte et ne vit que les ténèbres et la neige. Elle fit un pas en avant presque sans s'en rendre compte et, les pieds nus, s'enfonça dans l'épaisse congère qui s'était accumulée contre le battant. Le froid lui mordit la chair jusqu'aux os et elle s'empressa de relever la jambe. Quelle imbécile !

Claquant la porte, elle s'apprêta à regagner le salon.

– Qu'est-ce que tu fabriques, Erla ? demanda Einar de sa voix grondante en posant la main sur son épaule.

Elle sursauta, perdant presque l'équilibre.

– Tout va bien ?

À nouveau, elle sentit le sang affluer dans ses tempes, qu'elle massa du bout des doigts pour essayer de se concentrer. Le mieux était de prétexter s'être levée du mauvais pied et avoir besoin d'une minute pour se ressaisir.

Elle se tourna vers son mari.

– Oui, oui, bien sûr que tout va bien. Je voulais juste voir quel temps il faisait, et j'ai trébuché. Il y a une sacrée couche de neige.

– Oui, ça n'a pas arrêté de la nuit, ma chérie. Viens dans le salon, je vais te servir un bon café.

Elle suivit Einar et prit place sur le canapé pendant que ce dernier allait lui chercher une tasse. Muette, elle évita le regard de Leó, installé dans un fauteuil face à elle. Lorsque Einar réapparut et s'assit à côté d'elle, elle reprit enfin la parole :

– Toujours pas d'électricité ? demanda-t-elle à voix basse à son mari.

Elle connaissait la réponse, mais elle avait besoin de dire quelque chose, et asséner des évidences la rassurait.

– Ça va durer des jours, tu peux en être sûre, soupira Einar.

– On va peut-être finir par s'habituer, dit Leó en souriant.

Cinq bougies éclairaient le salon : trois sur la table basse, deux sur le buffet. Cette atmosphère étrange, un jeu d'ombres et de lumières, donnait à Erla la sensation d'être prisonnière d'une hallucination, d'un cauchemar où elle serait poursuivie par une menace sans jamais parvenir à courir assez vite, à sauver sa peau.

– Oui, on va s'y habituer, rétorqua-t-elle sèchement, mais vous n'avez pas à vous en inquiéter. Vous reprenez bien la route après le café ? Einar a dû vous détailler l'itinéraire ?

Leó adressa un regard gêné à son mari, comme si tous les deux avaient formé une espèce d'alliance fraternelle dont elle était exclue.

– Je ne crois pas qu'il pourra repartir aujourd'hui, dit Einar.

– Comment ça ?

– Tu l'as vu toi-même, ma chérie, il y a beaucoup trop de neige, il fait un temps de tous les diables, et ça continue de tomber. Il est hors de question d'envoyer ce pauvre homme au casse-pipe, répondit-il comme si l'homme en question n'était pas dans la même pièce, face à eux.

– Bien sûr que si, il peut repartir ! s'exclama-t-elle, luttant pour ne pas hurler. Si Anna peut venir à pied jusque chez nous, je ne vois pas ce qui l'empêche de descendre au village, même si la route est plus longue.

– Justement, votre mari m'a expliqué que c'était bien plus l...

– Et pourquoi vous ne nous avez pas dit que vous vous étiez arrêté chez Anna ? coupa Erla. Vous l'avez vue ? Hein ? Vous l'avez vue ?

– Je n'ai vu personne, absolument personne, je vous le jure ! s'écria Leó avec désespoir.

– Tu ne veux pas t'allonger un peu, ma chérie ? Tu es encore fatiguée. Leó va rester chez nous pour

Noël, c'est comme ça et pas autrement. Nous ne le mettrons pas dehors.

Elle haletait, les murs se resserraient autour d'elle, elle était seule au monde, sans le moindre allié. Et elle s'inquiétait pour Anna. Véritablement, cette fois. Le souffle court, elle n'arrivait plus à prononcer un seul mot malgré toutes les pensées qui se pressaient dans sa tête comme en quête d'une issue.

Leó se leva.

– Je vais retourner dans ma chambre, je m'excuse pour tout le souci que je vous cause, je suis vraiment navré. Vous le savez, je vous suis immensément reconnaissant pour votre hospitalité.

Einar hocha la tête sans répondre. Lorsqu'ils furent seuls, Erla parvint enfin à se calmer.

– Einar..., balbutia-t-elle, confuse. Einar, tu sais qu'il nous ment.

– Ma chérie, pourquoi toujours craindre le pire chez les gens ?

– Pourquoi n'a-t-on pas entendu parler de sa disparition aux informations ?

– Peut-être qu'ils en ont parlé, mon amour, nous n'avons pas pu écouter la radio depuis que l'électricité est coupée. Qui sait si les secouristes ne sont pas à sa recherche en ce moment même ?

– Tu sais très bien que ce n'est pas le cas. Et les empreintes ? Il a suivi la route qui passe devant chez Anna. Il ment quand il raconte qu'il est arrivé là par hasard. Et... et...

De nouveau cette pression contre ses tempes, une migraine qui s'annonçait.

– Et puis il s'est mis à errer dans la maison cette nuit, et aussi hier, pendant qu'on était dehors. Il veut quelque chose, Einar. Je l'ai vu, il était *dans notre chambre* hier, et il rôdait je ne sais où cette nuit… Peut-être au grenier, ou dans le salon, je ne sais pas, Einar, je sais juste qu'il… qu'il…

– Viens avec moi, il est temps de te remettre au lit, ma chérie, tu as besoin de te reposer.

14

Hulda frappa de nouveau, encore plus fort.

– Qu'est-ce qui se passe, ma chérie, à la fin ? cria-t-elle, une boule dans la gorge.

Dimma lui répondit quelque chose de l'autre côté de la porte, mais elle ne l'entendait pas distinctement. L'adolescente était enfin sortie de sa chambre le matin même, simplement pour prendre son petit déjeuner en silence, sans réagir aux salutations de ses parents.

Hulda avait suggéré qu'elles emballent leurs cadeaux ensemble, ou qu'elles aillent faire un tour en voiture pour distribuer ceux qu'ils avaient achetés pour leurs proches, mais Dimma n'avait cessé de secouer la tête, quelle que soit la proposition. Comme si elle était indifférente au réveillon, comme si elle était bloquée dans son propre monde et que rien de ce qui venait de l'extérieur ne pouvait l'atteindre.

Hulda s'était convaincue que la situation s'arrangerait à l'approche de Noël, mais désormais il était clair que ce ne serait pas le cas, que leur cœur ne serait pas à la fête cette année. Et pour la première fois, il semblait évident qu'elle ne pouvait plus attendre : il fallait agir, obtenir une aide extérieure.

Elle avait du mal à l'admettre, du mal à affronter le fait que leur fille ne se sortirait pas de sa dépression toute seule. Mais elle était à bout, et Jón continuait de faire l'autruche. Elle tapait, tapait sur la porte avec fureur, consciente que c'était parfaitement vain. Elle était surtout en colère contre elle-même de n'avoir pas réagi plus tôt. Dans le déni, elle s'était bercée d'illusions, se persuadant que cela finirait par s'arranger. Mais c'était sans espoir.

– Dimma, il est temps de sortir ! s'écria-t-elle. Sinon... Sinon, je défonce la porte, je ne plaisante pas !

Jón l'attrapa brusquement par les épaules.

– Calme-toi, Hulda. Ça va aller...

– Non, ça ne va pas aller, Jón ! cria-t-elle en se tournant vers son mari. Bordel de merde ! Non, elle ne va pas retrouver le sourire en un claquement de doigts, comme si de rien n'était ! Personne ne se comporte comme ça.

– Viens, assieds-toi, il faut que tu te détendes.

– Je n'ai certainement pas l'intention de me détendre, on doit... On doit l'emmener chez un médecin.

La voix de Hulda se brisa tandis que les larmes se mettaient à couler sur ses joues. Jón essaya doucement de l'éloigner de la porte et de l'emmener dans le salon. Elle résista d'abord, mais finit par céder, à bout de forces.

– Jón, il faut qu'on lui prenne rendez-vous... chez un psychologue, un psychiatre... Je ne sais pas moi, mais il faut qu'on fasse quelque chose.

– N'est-ce pas un peu disproportionné, ma Hulda ? Inutile de faire toute une montagne de..., commença-t-il avec douceur.

– Toute une montagne ? Tu es aveugle ou quoi ? Il

se passe quelque chose de grave, nous aurions dû le voir depuis longtemps. Peut-être à l'école ? Quelque chose de... et... Et elle ne semble même plus avoir d'amies !

– Nous verrons ça après Noël, ma chérie. Je sais que tu espérais pouvoir fêter le réveillon comme tous les ans, mais visiblement, elle a besoin de s'isoler, il faut qu'on l'accepte. Respirons tranquillement, et ne la forçons pas. Que savons-nous de ce qui se passe dans sa tête ?

– Exactement ! Qu'en savons-nous ? Rien du tout ! Voilà pourquoi il nous faut l'aide d'un professionnel. Je veux que nous appelions quelqu'un dès aujourd'hui, Jón ! s'écria-t-elle.

– Nous sommes le 24 décembre, ma chérie. Nous n'allons pas appeler un médecin aujourd'hui, c'est hors de question. D'ailleurs, ça ne servirait à rien. Entre Noël et le Jour de l'an, si son comportement ne s'est pas amélioré, nous contacterons quelqu'un, c'est promis. D'accord ?

Hulda réfléchit. Elle n'avait aucune envie d'attendre, mais il fallait bien admettre que Jón n'avait pas tort. Ils pouvaient difficilement appeler un médecin ou un psychologue le jour du réveillon, sauf en cas d'urgence absolue. Peut-être s'était-elle simplement laissé submerger par l'émotion.

– On verra, concéda-t-elle finalement.

Et elle n'ajouta pas un mot de plus.

Si seulement elle ne devait pas travailler le lendemain. C'était insupportable d'accumuler autant d'heures, et Jón avait bien sûr raison lorsqu'il affirmait qu'elle avait suffisamment d'ancienneté pour ne pas avoir à trimer les jours fériés. La vérité, c'était qu'elle n'osait pas dire non. Elle menait une guerre incessante contre la misogynie de son administration, et elle ne voulait leur donner aucune munition. Elle en faisait donc toujours plus que les autres, un réflexe qu'elle regrettait amèrement à présent.

Elle se précipita dans le couloir et appela son collègue de service.

– Salut, c'est Hulda…

Immédiatement, elle se dit que ce coup de téléphone était une mauvaise idée. L'agent était seul au bureau aujourd'hui, et il n'avait pas le pouvoir de la libérer de sa garde de Noël.

– Salut, répondit-il. Tout va bien ?

– Hein ? Oui, oui… Tu es tout seul à travailler aujourd'hui ?

– Bien sûr. On ne vient pas le jour du réveillon pour le plaisir de voir ses collègues, c'est un coup de pas de bol de devoir bosser un 24 décembre. Enfin, si tout va bien et que la journée est calme, je devrais pouvoir rentrer tôt.

– Est-ce que… hum, est-ce qu'il y aurait une chance que tu puisses me remplacer demain ?

Un bref silence, puis elle entendit un rire à l'autre bout de la ligne.

– Tu en as d'autres, des comme ça ? C'est hors de question, Hulda.

– Il y a… Comment dire… J'ai un petit souci…, commença-t-elle, essayant de garder le contrôle de sa voix.

– Je crois que tu auras du mal à te faire remplacer à la dernière minute. Désolé, tu vas devoir venir demain et essayer de régler tes problèmes domestiques d'une autre manière.

– Oui, je… Oui…

– Au fait, pendant que j'y pense, il y avait un message pour toi ce matin quand je suis arrivé, quelqu'un a laissé une note sur le standard.

– Un message ?

– Oui, tu dois rappeler un numéro, attends… 656 quelque chose, je ne me rappelle plus le reste, donne-moi une seconde.

Hulda eut envie de raccrocher, elle n'avait certainement pas l'intention de se préoccuper de son travail aujourd'hui, mais elle n'osa pas. L'agent au téléphone lui donna le numéro complet sans plus de précision.

– Tu peux chercher à qui appartient ce numéro pour moi ? Je ne le connais pas.

– Aucun problème, ce n'est pas comme si j'étais débordé. Attends une seconde… Ça vient de Gardabær, une certaine Kolbrún et un Haukur.

– OK, je vois, fit-elle, se demandant ce qu'ils pouvaient bien lui vouloir. Quand ont-ils appelé ?

– Je n'ai pas l'information, soit hier soir, soit ce matin. À quelle heure es-tu partie hier ?

– En fin d'après-midi… Bon, je… je vais les rappeler.

Les parents de la jeune fille disparue. Étrange. Vouloir joindre Hulda à ce moment précis, alors qu'elle venait de ressortir le dossier de l'enquête. Qui semblait au point mort. Peut-être voulaient-ils savoir s'il y avait du nouveau alors que Noël approchait ?

Elle songea à leur téléphoner immédiatement, mais elle n'en eut pas le courage. Elle avait l'esprit assez encombré. Elle le ferait le lendemain, au travail, car c'était bien là-bas qu'elle devrait passer la journée de Noël.

15

Lorsque Erla se réveilla de son repos plus ou moins imposé par son mari, elle se prit à espérer que les événements de la matinée n'avaient été qu'un interminable rêve, que Leó était enfin parti et qu'Anna était arrivée pour fêter Noël avec eux.

En souriant, elle songea à l'agréable routine qui l'attendait ; la préparation du repas, un gigot d'agneau fumé qu'elle allait faire bouillir sur sa vieille gazinière, et le ménage, afin que tout soit resplendissant pour le dîner. Fichue panne d'électricité qui allait les priver de la messe cette année. Ils possédaient un poste radio à piles, mais il ne fonctionnait plus depuis longtemps et Einar ne s'était jamais décidé à le faire réparer, arguant qu'ils survivraient bien quelques jours sans entendre les nouvelles : « C'est toujours les mêmes jérémiades, de toute façon. On ne manquera pas grand-chose. »

Elle revint brutalement à la réalité en discernant la voix de Leó, venue du salon.

– Et merde, marmonna-t-elle avant de jeter un coup d'œil au réveil.

Elle avait dormi jusqu'à midi. Voilà qui n'avait pas

eu lieu depuis une éternité, mais qui s'expliquait aisément avec la nuit qu'elle avait passée.

Enfin, Anna... Oui, elle devait être là ! *En général, elle arrive en fin de matinée*, songea Erla en retrouvant son sourire. Avec sa fille à la maison, la présence de Leó serait peut-être plus supportable.

Elle se leva et rejoignit le salon d'un pas lent. Elle y retrouva les deux hommes assis, comme le matin même. Les bougies avaient été soufflées, le jour blafard suffisait à éclairer la petite pièce, même s'il ne tarderait déjà plus à se coucher. En cette fin décembre, chaque minute de lumière était un trésor dont il fallait profiter au maximum. Fort heureusement, la neige semblait enfin s'être arrêtée. Peut-être arriveraient-ils à se débarrasser de Leó plus tôt que prévu.

– Où est Anna ?

Le silence pour seule réponse. Elle vit l'homme baisser les yeux.

– Pourquoi n'est-elle pas là ? Il est midi passé. Einar ?

Celui-ci se leva.

– Tout va bien, ma chérie. Attends une seconde, je vais te servir un café.

Il fit un rapide détour par la cuisine et revint avec une tasse qu'il posa sur la table.

– Comment ça, tout va bien, Einar ? C'est le réveillon, elle arrive toujours pour le déjeuner. Et toi, tu fais comme si de rien n'était ! s'exclama-t-elle avant de se précipiter sur lui pour le bousculer. Comment peux-tu rester aussi calme ?!

Elle se rendit alors compte qu'elle rejetait sa colère sur la mauvaise personne. Einar était son seul allié ici. Elle se tourna vers Leó.

– Cette fois, il va falloir arrêter de nous mentir ! siffla-t-elle d'un ton autoritaire avant de faire un pas vers lui.

Une expression de panique se dessina sur son visage. Incroyable, ce salaud avait peur ! Cela ne manquait pas de sel.

– Je… je n'ai pas menti du tout, bafouilla-t-il.

Malgré le manque de place, elle s'assit à côté de lui sur le petit canapé. Le moment était venu de découvrir la vérité.

– Vous avez dit avoir trouvé notre maison par hasard, c'est bien ça ?

– Oui, Dieu merci… Ça m'a sans doute sauvé la vie, fit-il d'un ton hésitant, clairement nerveux.

– Mensonge. C'est un mensonge. J'ai vu vos empreintes dans la neige, vous avez suivi la route jusqu'ici. Vous nous l'avez d'ailleurs dit vous-même : vous vous êtes repéré avec les balises.

L'aisance avec laquelle elle parvenait à le confronter l'étonnait. Mais bientôt, elle se sentit envahie par une terreur irrépressible. Pour sa fille. Ce sale type lui avait-il fait du mal ?

Leó ne répliqua pas.

– Je me trompe ? insista-t-elle pour le faire réagir.

– Non, mais… je… je ne voulais pas dire que… enfin, j'ai vu des balises, oui…

– Et elles mènent effectivement chez nous, mais elles passent d'abord devant chez Anna. C'est la route vers le village. Et c'est de là que vous venez. Vous n'étiez pas du tout parti en expédition avec vos amis, qu'ils soient deux, trois ou Dieu sait combien aujourd'hui !

L'idée qu'elle se battait pour sa fille lui donnait une

force qu'elle n'aurait pas soupçonnée. Bon sang, Anna aurait dû être arrivée depuis longtemps !

– Bien sûr que *si*, j'étais en expédition, rétorqua Leó, plus sûr de lui. Nous étions… nous étions partis chasser.

C'est alors qu'Einar prit la parole :

– Où est votre fusil, dans ce cas, l'ami ? demanda-t-il d'une voix posée mais sévère.

Enfin. Enfin, il voyait la lumière. Enfin, il s'apercevait que quelque chose ne tournait pas rond.

– Mon fusil ? Mon fusil, je… je l'ai abandonné derrière moi lorsque je me suis perdu. Je voulais me décharger de ce qui n'était pas essentiel à ma survie.

Erla ne dit rien, décidant de laisser à Einar le loisir de prendre le relais. Il ne répondit pas immédiatement, et un silence pesant s'installa dans le salon. Avec l'absence d'électricité et le timide soleil qui peinait à les éclairer, une sorte de demi-pénombre régnait dans la petite pièce, conférant aux lieux une atmosphère inquiétante. Un environnement propice à voir apparaître des esprits, des esprits qui pourraient prendre une forme humaine sans qu'on les soupçonne.

Erla frissonna. Comme toujours, la température était fraîche dans cette partie de la maison. Si seulement cet homme n'avait jamais fait irruption dans leur vie… Si seulement il n'avait pas fait basculer l'équilibre de leur foyer… Certes, elle était malheureuse à bien des égards ici, c'était indéniable, mais autant être malheureuse en paix. Car finalement, on s'habituait à tout.

Elle profita du silence pour tenter de discerner le bruit des pas d'Anna dans la neige. Elle s'attendait presque à l'entendre frapper à la porte puis pénétrer dans le salon, essoufflée après sa longue marche, et s'excuser de son retard. Cela mettrait fin à ce débat stérile avec Leó. Peut-être, oui, peut-être disait-il vrai. Mais il pouvait tout aussi bien mentir, et peut-être avait-il véritablement fait du mal à Anna.

– Vous vous êtes débarrassé de votre fusil, vraiment ? demanda enfin Einar.

Leó hocha la tête, le regard fuyant. Il se rendait sans doute compte que le jeu était terminé, qu'il avait perdu. Qu'il n'était plus le bienvenu.

– Oui, répondit-il simplement.

– Je trouve ça étrange, voyez-vous. Un fusil, ce n'est pas donné, vraiment pas. Vous n'êtes pas sans le savoir. Je n'ai jamais entendu parler de quelqu'un qui abandonnerait son arme derrière lui, comme ça. Vous savez où il se trouve ?

– Non, pas précisément.

– L'argent n'est peut-être pas un problème pour vous ?

– Hein ? Si, si, bien sûr. J'ai juste paniqué. Je ne voulais pas me retrouver pris dans la tempête.

– Et vous dites avoir suivi la route. Vous n'avez pas vu l'autre maison en chemin ?

Un long silence.

– L'autre maison ? balbutia Leó.

– Oui, ma femme vous a posé la question. Plusieurs fois.

– Ah, oui, oui, si vous le dites... Je..., répondit l'homme après une brève hésitation.

– Vous avez dit que notre maison était la première sur laquelle vous étiez tombé. Mais il y en a une autre, pas si loin d'ici, elle nous appartient, d'ailleurs. Et la route passe devant.

Le ton d'Einar était étonnamment ferme. Leó resta muet.

– Vous n'avez pas suivi cette route, ces balises ?

– Si… Si, si.

– Et vous n'avez pas vu la maison ? Ou peut-être qu'en fait, vous cherchiez la nôtre ?

Nouvelle pause. Erla fut prise de vertiges dans ce salon où elle se sentait d'habitude tellement en sécurité. Einar avait reculé, et elle aussi, comme pour symboliser le fossé qui s'était creusé entre eux et l'inconnu, pour souligner que le moment du règlement de comptes était venu. C'était lui contre eux.

– Il… est possible que je l'aie vue. J'ai cru apercevoir un bâtiment au loin, mais toutes les lumières étaient éteintes, alors j'ai juste continué ma route. Il se peut que cela ait été cette maison, j'étais si fatigué, vous comprenez… Je cherchais simplement quelqu'un qui pourrait me sauver, une lumière…

– Notre fille vit là-bas, répliqua Erla. Elle ne vous aurait pas mis à la porte. Vous savez ce que je crois…, ajouta-t-elle avant de hausser la voix. Je crois que vous êtes allé chez elle, vous l'avez rencontrée et… il s'est passé quelque chose. J'en suis certaine ! Elle n'est toujours pas là… Dites la vérité, Leó !

– Erla…, glissa Einar. Ma chérie…

– Je vous jure que je ne l'ai pas rencontrée, je n'ai même pas frappé à sa porte, cette maison me semblait… Bref, il n'y avait aucune lumière là-bas, je crois… Je ne sais plus tout à fait comment ça s'est déroulé. Difficile de raisonner dans ces conditions.

Einar s'avança puis, d'une voix menaçante, il gronda :

– Qu'est-ce que vous nous voulez ?

– Qu'est-ce... qu'est-ce que je vous veux ? Rien du tout, j'avais juste besoin d'un abri. C'est un malentendu !

– Qu'avez-vous fait à Anna ? s'écria Erla, sentant une larme couler sur sa joue.

– Je ne connais aucune Anna, je le jure...

– Ma femme m'a également dit que vous étiez allé dans notre chambre hier, c'est vrai ?

L'accusation laissa Leó sans voix une seconde.

– Non, pas du tout, je ne sais pas ce qui pourrait lui faire croire ça.

– Je vous ai vu quand je suis rentrée, ça ne faisait aucun doute, renchérit Erla.

– J'étais dans le couloir, vous vous... vous vous êtes imaginé des choses, répondit-il d'une voix criarde.

– Faites bien attention à ce que vous dites, répliqua Einar d'un ton égal mais ferme. Il n'est pas impossible que ma femme ait mal vu, mais vous nous devez des explications sur un bon nombre de choses.

– Je ne sais pas quoi vous dire, soupira l'homme. Je ne vous ai pas menti, et je ne comprends pas pourquoi vous croyez que c'est le cas. Si vous ne voulez pas de moi ici, je vais m'en aller, bien sûr.

– Personne n'a dit que vous deviez vous en aller, rétorqua Einar. Nous souhaitons simplement que vous soyez honnête avec nous.

– Mais je n'ai fait que ça...

Erla l'interrompit alors :

– Et cette nuit ? Qu'est-ce que vous faisiez à vous promener dans la maison, au beau milieu de la nuit ?

Un instant, elle se demanda si elle n'avait pas rêvé. Peut-être que ces craquements, ces grincements étaient le fruit de son imagination. Mais devant l'expression de Leó, son regard, elle comprit qu'elle ne s'était pas trompée. Elle se tourna rapidement vers son mari : lui aussi avait lu la culpabilité sur son visage.

L'homme ne répondit rien.

– Je vous ai entendu, vous êtes monté au grenier.

– Comment diable…

– Comment je le sais ? Je connais très bien la maison.

– Encore une question à laquelle vous devez répondre, Leó.

– Je…, hoqueta-t-il avant de s'interrompre.

Erla voyait presque les rouages de son cerveau tenter de déterminer s'il fallait composer un nouveau mensonge ou admettre son forfait.

– Oui, je me suis levé cette nuit, je n'arrivais pas à dormir, je me sentais mal, pour être tout à fait franc. Je n'ai pas l'habitude d'être dans un lieu aussi isolé, vous comprenez ? Je suis sorti prendre l'air, mais ça ne donnait rien, ça ne faisait qu'accentuer mon sentiment de… oui, de claustrophobie.

– Ça ne nous explique pas ce que vous fabriquiez là-haut. Et ne songez même pas à mentir, Leó, j'ai très bien entendu la porte s'ouvrir.

Elle marqua une courte pause, puis ajouta :

– Mon mari aussi vous a entendu.

– Je… Je ne sais pas quoi vous répondre, je me suis dit que je m'y sentirais peut-être mieux…

Einar s'approcha de Leó et posa la main sur son épaule.

– Et qu'est-ce qui s'est passé ensuite ? Vous êtes juste redescendu ? fit-il d'une voix sombre.

Leó baissa les yeux et, après un bref instant, répondit :

– Oui, et j'ai fini par me rendormir. Je suis vraiment navré de vous avoir réveillés.

– Venez avec moi, reprit Einar d'un ton courtois mais autoritaire, la main toujours fermement agrippée à l'épaule de l'homme.

– Que je vienne ? Où ça ?

– Là-haut.

– Dans le grenier ?

– Oui, allez. Je veux m'assurer que rien n'a été cassé ni volé.

Devant l'absence de réaction de Leó, Einar ajouta :

– À moins que vous ne vouliez surtout pas que je vérifie ?

– Non, non, bien sûr que non. Je n'ai rien à cacher.

– Alors, montons. Je vous suis, allez-y.

L'inconnu ne savait visiblement plus sur quel pied danser. Il choisit toutefois d'obéir, se dirigea d'un pas lent vers l'escalier qui menait à l'étage et monta les marches avec hésitation. Quelques instants plus tard, lorsqu'elle entendit tourner la clé de la chambre aménagée sous les combles, Erla crut reconnaître le bruit de la nuit passée qui lui avait mis la puce à l'oreille.

– Pas de lumière, bien sûr, dit Einar de sa voix tonitruante. Attendez ici, je vais chercher une bougie.

Un claquement de porte fit sursauter Erla, et elle entendit distinctement la clé tourner à nouveau dans la serrure. En quelques interminables fractions de seconde, elle se rendit compte que son mari avait enfermé l'homme.

Ce dernier se mit à hurler.

– Qu'est-ce que c'est que ce bordel ?

La voix de Leó résonna jusqu'en bas. Il frappa de toutes ses forces, mais rien ne servait de s'épuiser : c'était une vieille maison robuste, le bois solide de la porte ne céderait pas si facilement.

– Laissez-moi sortir ! Bon sang, laissez-moi sortir, vous n'avez pas le droit ! cria-t-il.

Einar descendit l'escalier, d'un calme olympien.

– Bon, allons jeter un coup d'œil à ses affaires, ma chérie. Je ne le sens pas, cet homme. Je pense que tes soupçons étaient fondés.

Puis il s'écria :

– Du calme, mon vieux, je reviens tout de suite !

Incrédule, Erla était néanmoins soulagée que son mari la croie enfin.

– Qu'est-ce que tu fabriques, Einar ? murmura-t-elle en s'approchant de lui.

– Toute cette histoire est bizarre. Puisqu'on ne peut pas lui faire confiance, il faut qu'on découvre s'il dit la vérité.

– Et après ? Qu'est-ce que tu comptes faire ? Le garder prisonnier ?

– Bien sûr que non, répondit Einar tandis que Leó continuait de tambouriner contre la porte à l'étage. Si ça se trouve, tout ça n'est qu'un gros malentendu, auquel cas nous le laisserons immédiatement sortir, mais il faut que nous restions prudents, mon amour. Je ne laisserai jamais un inconnu te faire du mal.

– Et si… ?

– Écoute, je veux juste regarder ce qu'il a dans ses bagages. On va vite voir s'il nous a menti.

Secouant la tête, il grogna ensuite :

– Un chasseur qui abandonne son fusil. Tu as déjà entendu une chose pareille ?

Était-ce la goutte d'eau qui avait fait déborder le vase ? Les indices suggérant que cette situation n'était pas normale ne manquaient pas, mais peut-être qu'Einar ne s'était rendu compte de rien avant cette révélation sur le fusil de Leó, lui qui chassait fréquemment la perdrix durant l'hiver.

Erla resta figée en le regardant se faufiler dans la chambre d'amis. Elle pensa soudain à son gigot d'agneau fumé et à ce qu'elle comptait servir en accompagnement. À quel moment allait-elle pouvoir se mettre à cuisiner ? C'était le repas le plus important de l'année, tout devait bien se passer. Ils avaient aussi l'habitude de grignoter quelque chose de léger à midi, et ça, elle l'avait complètement oublié.

Elle ferma les paupières un instant, s'efforçant d'ignorer le vacarme que faisait Leó et de laisser la perspective de ces préparatifs routiniers – ou plutôt festifs – l'emporter vers un autre monde. Un monde où tout allait pour le mieux, où les ténèbres n'avaient pas vaincu la lumière, où nul mystérieux inconnu n'avait fait irruption dans leur vie, où la platine de disques diffusait de beaux chants de Noël, où seuls les fantômes habituels erraient dans la maison à la nuit tombée et pas un homme de chair et de sang, où Anna était arrivée pour le déjeuner du réveillon et...

Anna ?

Penser à sa fille fit brusquement revenir Erla à la réalité. Elle n'était toujours pas là.

Ce salaud les manipulait depuis le début. Avait-il fait du mal à Anna ? Le garder prisonnier dans le grenier n'était sans doute pas une si mauvaise idée, après tout.

16

Assise sur le canapé, un soda au malt à la main, la mère de Hulda ne parlait pas beaucoup, se contentant de piocher à intervalles réguliers dans le saladier à friandises posé au centre de la table basse. Hulda avait fait son possible pour donner l'impression que tout était normal. La radio diffusait les vœux et dédicaces aux pêcheurs partis en mer.

– C'est un Noël à rallonge cette année, dit soudain sa mère.

– À rallonge ?

– Oui, ils en parlaient à la radio hier. Noël tombe juste avant un week-end, expliqua-t-elle avec un sourire las.

Elle avait toujours eu l'air fatiguée, affairée, soucieuse de ne pas parvenir à joindre les deux bouts. Toute sa vie, elle avait cumulé plusieurs emplois et, alors même qu'elle approchait de l'âge de la retraite, elle continuait de travailler comme une forcenée. Hulda s'était fait la promesse de ne pas suivre la même voie, de s'assurer qu'en vieillissant, elle et Jón auraient remboursé leurs crédits et gagneraient suffisamment bien leur vie pour pouvoir mettre fin à leur carrière à un âge raisonnable et profiter de leurs vieux jours.

Jón ne s'était toujours pas montré. Il s'était enfermé dans son bureau pour travailler, affirmant avoir des dossiers urgents à terminer avant Noël. Hulda s'agaçait de le voir trimer autant, mais puisque ses efforts leur permettaient une existence aussi confortable, difficile de se plaindre. Néanmoins, cette fois, elle avait la sensation que ce n'était qu'un prétexte. Peut-être fuyait-il sa belle-mère.

Hulda s'était installée au salon avec elle, malgré le peu de conversation qu'elles avaient et le fait qu'elle se sente incapable de lancer la moindre discussion.

– Ma petite Hulda, on va écouter la messe, après ?

– En dînant, maman, bien sûr, comme toujours.

– Je voulais juste en être sûre. Ça me semble approprié, à Noël. Je ne m'imaginerais pas faire sans.

Après un court silence, elle ajouta :

– Et on va manger du rôti ce soir, comme d'habitude ?

– Oui, maman. Nous n'avons pas l'intention de déroger à la règle.

– Merveilleux. Ce n'est pas exactement le repas avec lequel j'ai grandi, mais merveilleux… Et où est mon adorable Dimma ?

– Elle se repose, maman. Tu sais comment sont les adolescents…

– Oh oui. J'ai deux paquets pour elle, fit-elle avant de murmurer : Un pull en laine et un livre, j'espère que ça lui fera plaisir.

Hulda hocha la tête.

– Très certainement, maman. Très certainement.

17

Restée en arrière, Erla laissa Einar aller dans la chambre d'amis pour fouiller les bagages de l'inconnu. Tiraillée entre espoir et crainte, elle essayait d'ignorer les hurlements de ce dernier qui continuait de taper contre la porte à l'étage.

Pour la première fois, elle se demanda si elle n'avait pas mal interprété les faits. Peut-être que Leó n'avait pas menti du tout, peut-être qu'il s'était vraiment perdu et qu'il ne se souvenait pas précisément de ce qui s'était passé dans ce chaos, accablé de fatigue et de froid comme il devait l'être.

Que se passerait-il alors ? Assurément, il contacterait la police dès qu'il serait parvenu à rejoindre la civilisation, il les dénoncerait, porterait plainte... Terrifiée, elle eut soudain du mal à respirer. *Non, non*, songea-t-elle, ils nieraient tout en bloc. S'il fallait en arriver là, ce serait leur parole contre la sienne.

Je ne vois pas de quoi cet homme veut parler. Nous l'avons accueilli, nous lui avons proposé de passer la nuit ici, et c'est tout.

Elle imaginait le déroulement de la conversation, essayant de deviner quel agent viendrait les interroger.

Peut-être l'inspecteur en personne ? Oui, probablement. Cet homme d'âge moyen qu'elle n'avait jamais particulièrement apprécié.

– Erla ! Viens ! s'écria Einar, sa voix perçant à travers le brouillard qui l'enveloppait. Regarde-moi ça, regarde ce que j'ai trouvé !

Dans un mélange d'exaltation et de peur, elle se dirigea d'un pas lent mais assuré vers la chambre d'amis, son cœur cognant dans sa poitrine.

– Dépêche-toi.

Depuis le seuil, elle jeta un coup d'œil à l'intérieur. Einar, l'air victorieux, tenait une boussole à la main.

– Il ne devait pas être si perdu que ça, ce salaud ! Il nous a raconté n'importe quoi. D'ailleurs, je ne suis pas loin de penser qu'il a quelque chose à voir avec la coupure du téléphone. C'est quand même étrange que ça ait eu lieu au moment où il est arrivé.

– Tu crois ? Vraiment ?

L'hypothèse n'était pas si tirée par les cheveux. L'appareil fonctionnait parfaitement la veille, et en général la ligne résistait quelle que soit la météo, ainsi qu'aux coupures d'électricité.

– Il faut qu'on regarde ça de plus près. Je ne suis pas un expert, mais ça me semble louche.

À ces mots, il reprit son inspection du sac à dos. Erla recula de quelques pas dans le couloir. S'immiscer ainsi dans la vie privée de cet homme lui laissait un goût amer malgré tout ce qui avait pu se passer, et elle se demanda si Einar n'allait pas trop loin. Semblant soudain en proie à une crise névrotique, il secouait le sac comme un maniaque et lançait en l'air tout ce qu'il y trouvait. Épouvantée par ce spectacle, Erla songea à monter pour libérer Leó, mettre fin à cette folie une bonne fois pour toutes. Comment diable pouvait-on justifier un tel comportement ?

Einar était d'ordinaire un homme calme, cependant elle avait déjà vu ce côté de sa personnalité. En de rares occasions. Dieu merci, ses crises de rage n'étaient jamais dirigées contre elle. Il s'était toujours montré doux avec elle, néanmoins la colère pouvait jaillir d'un coup les mauvais jours. Comme une véritable métamorphose. Peut-être était-il parvenu à maîtriser ses sautes d'humeur en vivant loin des autres, en s'installant dans un endroit très isolé où les échanges se faisaient rares. D'ailleurs, il ne descendait presque jamais au village.

La solitude aurait été une nécessité pour lui, tandis qu'elle était mortifère pour elle ? Si elle n'avait jamais eu peur de lui, elle ne pouvait nier que les crises de ce genre l'affectaient énormément.

Einar était si paisible lorsqu'ils s'étaient rencontrés, un partenaire de vie idéal. Un homme qui menait une existence frugale, sans doute trop, se contentant du peu qu'ils avaient, alors qu'elle se sentait comme dans une prison sans barreaux, sans gardien, enfermée dans les tréfonds de son esprit. Toute sa vie, elle avait fait son possible pour ne pas penser au monde extérieur, à tous ces lieux qu'elle ne pouvait visiter, à tous ces gens qu'elle ne pouvait rencontrer. Toute sa vie, elle avait évité de penser à la tournure qu'aurait pris son destin si elle n'avait jamais rencontré Einar.

– Regarde ça, Erla ! s'exclama celui-ci, tenant dans sa main une liasse de billets de cinq mille couronnes. Voilà une chose dont il ne manque pas !

– C'est… Ce n'est peut-être pas si étonnant qu'il

ait emporté de l'argent pour son voyage, répondit-elle dans un soupir. Est-ce qu'on… on ne pourrait pas…

Einar la regarda.

– On ne pourrait pas quoi ?

– Arrêter ça ? Einar, il faut qu'on libère cet homme.

– Nous devons régler le problème une bonne fois pour toutes, ma chérie. C'est d'ailleurs toi qui as provoqué tout ça en le questionnant constamment. Tu vois bien que son histoire ne tient pas la route !

Elle repensa à Anna. Aux mensonges répétés de l'homme.

– OK, continuons de fouiller. Mais Dieu nous vienne en aide si nous avons tort, Einar. Dieu nous vienne en aide…

Les coups redoublèrent à l'étage.

– Ouvrez immédiatement ! Vous m'entendez ?! Vous ne pouvez pas me faire ça !

18

– Erla, il faut que tu voies ça, entre ! s'exclama fiévreusement Einar.

Pétrifiée dans le cadre de la porte, elle n'avait qu'une envie : prendre ses jambes à son cou. Fuir ce décor, cette situation insupportable, s'extirper de cette neige qui l'acculait, aussi pesante qu'omniprésente. Mais toute fuite serait vaine, quelle que soit la direction. En cette saison, le monde entier était une impasse. Elle aurait beau hurler à pleins poumons, elle aurait beau courir à toutes jambes, la seule issue certaine demeurait une mort lente, paralysée par le froid. C'était exactement pour cela qu'elle se sentait en prison.

– Erla, tu m'entends ? Viens !

– Je t'entends, oui, répondit-elle d'une voix résignée. Mais je ne veux pas venir, Einar, je ne veux pas prendre part à ça. C'est… c'est mal. Ce que nous faisons est illégal. Il faut que nous laissions cet homme sortir.

– C'est toi qui avais peur de lui, pas moi ! Je ne te comprends plus. Arrête un peu ton cirque, c'est la réalité, Erla, c'est comme ça. Cet homme existe et il cache quelque chose. En voilà la preuve ! s'exclama-t-il en agitant en l'air un portefeuille qui avait connu des jours meilleurs.

– Je ne veux pas entrer ! s'écria Erla, soudain tremblante.

– Très bien, alors regarde ça.

Il ouvrit le portefeuille et le tendit dans sa direction. Prudemment, elle fit un pas à l'intérieur, comme si elle pénétrait dans la maison d'un inconnu et pas dans une chambre de son propre foyer, puis elle observa la carte d'identité de l'homme.

– Regarde, c'est bien sa photo. Leó est son deuxième prénom, c'est comme s'il ne voulait pas nous donner sa véritable identité, remarqua Einar.

– Peut-être que c'est le prénom qu'il utilise dans la vie de tous les jours, répliqua Erla, qui n'était plus sûre de rien, ne l'avait jamais été. Qu'est-ce qui se passe, Einar ? demanda-t-elle d'une voix de moins en moins assurée.

– Je ne sais pas, ma chérie, mais je compte bien le découvrir.

Son ton était sec, déterminé. Erla était satisfaite de voir son mari prendre les choses à bras-le-corps, mais elle avait aussi un peu peur. Il était en colère, à présent, donc prêt à tout.

Attrapant le sac à dos, il le retourna et le vida. Les objets tombèrent en un grand tas par terre – vêtements et produits d'hygiène. Rien de suspect, au premier abord. Il continua de le secouer, puis regarda à l'intérieur.

– C'est vide. Il faut qu'on regarde tout ça de plus près, Erla, qu'on trouve un indice qui nous en dise plus sur cet homme.

– Tu crois qu'il va réussir à casser la porte ?

– J'espère que non, mais si c'est le cas, il aura affaire à moi. Je n'ai pas peur d'un gringalet de la ville. Je saurai lui montrer qui est le chef ici.

Erla n'en attendait pas moins. Einar affichait un gabarit imposant, mais surtout il portait en lui l'énergie de ses ancêtres, qui toute leur vie avaient mené une lutte sans merci contre les éléments pour maintenir ce petit morceau de terre habité. Et ils y étaient parvenus, même si de nombreux signes suggéraient aujourd'hui que la grande époque de l'agriculture était révolue. Tout le monde le voyait, sauf Einar. Et quand bien même il s'en serait rendu compte, déménager ne serait pas chose aisée. L'ensemble de leurs biens était lié à cette terre : la ferme, les outils, les bêtes... Une vieille maison loin de la civilisation. Des choses sans valeur si personne n'était prêt à les racheter. Le nombre grandissant d'exploitations abandonnées dans la campagne environnante en était la preuve, et Erla s'imaginait bien que leur ferme subirait le même sort s'ils se mettaient en tête de changer de vie : vitres brisées, peinture écaillée, toit rouillé. Voilà tout ce qu'il resterait de ce foyer qui avait abrité des générations d'éleveurs. À peine un refuge pour les esprits errants de ce désert de roche battu par les vents.

Restait toujours le terrain, de belle taille, mais qui aurait l'idée de construire des chalets de vacances dans cette région aux températures glaciales l'hiver, à peine plus douces l'été ?

Einar était toujours occupé à fouiller parmi les effets personnels de Léo.

– Rien d'intéressant ici.

– Et cette poche ?

– Où ça, où ça ? demanda-t-il avec ardeur.

Erla tendit le doigt vers la poche tout en longueur qui ornait l'un des côtés du sac.

– Bien vu ! s'exclama Einar en tirant sur la fermeture à glissière et en y enfonçant la main. Bordel de merde, qu'est-ce que c'est que ça ?

19

De la poche du sac à dos, Einar tira un couteau de chasse rangé dans son fourreau.

– Il est sacrément affûté, dit-il en l'observant de près.

Erla se tendit. Il devenait primordial de calmer son mari. Elle ne connaissait que trop bien cette expression, ce ton de voix.

– Mon chéri, il y a peut-être une explication tout à fait normale, il était parti chasser après tout…

– Et tu crois qu'il chassait avec un couteau ?

– Tu sais très bien que ça peut toujours servir, par sécurité.

– Je crois que le moment est venu d'avoir une sérieuse conversation avec lui, répondit Einar en se relevant pour sortir de la chambre.

Erla se mit sur son chemin.

– Einar… Einar.

– Erla, laisse-moi aller lui parler, dit-il, l'arme toujours à la main.

– Range ce couteau, mon chéri.

– Je le prends avec moi. Par sécurité, comme tu l'as dit. Je ne sais pas à qui nous avons affaire.

– Remets-le au moins dans son fourreau…

Mais c'était comme parler à un sourd. Elle se raidit, décidée à ne pas lui céder le passage. En haut, Leó continuait de hurler et de taper à la porte. Elle repensa soudain à sa fille.

– Einar, tu crois qu'il est passé chez Anna, qu'il lui a fait du mal ? demanda-t-elle.

Trop tard, son mari ne l'entendait plus : il la repoussa et commença à grimper les marches vers les combles.

Le couteau. Cette arme acérée… Qu'allait-il se passer ? Des points dansaient devant ses yeux. Pourquoi avait-il fallu que Leó mente, qu'il prétende n'avoir pas vu d'autre maison que la leur ? Elle aurait tout donné pour entendre toquer à la porte et voir Anna apparaître… Et s'il s'était attaqué à elle ? Si elle gisait dans son sang chez elle, sans défense, incapable d'appeler les secours ? C'en était trop, il fallait qu'elle coure vérifier que tout allait bien. Au diable cette maudite tempête.

– Je vais chez Anna ! s'écria-t-elle, pour elle-même.

Dehors, le vent était déchaîné. L'expédition promettait d'être difficile, pour ne pas dire impossible. Qu'importe, elle se dirigea vers le vestibule. À l'étage, elle entendit Einar s'exclamer :

– J'entre ! Poussez-vous de derrière la porte !

Les coups cessèrent, et Leó cria :

– Allez-y !

La terreur la paralysa une seconde. Elle aurait dû monter, se préparer à les séparer, ordonner à Einar de libérer l'homme et de le mettre dehors, ou peut-être… au pire, de lui installer une couchette dans le sous-sol. Au moins, ils pourraient se barricader dans la maison, fêter Noël en paix et remettre ce problème à plus tard.

Et oui, ils devraient mentir à la police, c'était certain. Mais elle s'en sentait capable. Elle pouvait mentir pour Einar. Affirmer sans ciller qu'il n'avait jamais séquestré qui que ce soit. *Quelle idée, mon mari ne ferait pas de mal à mouche !* Elle saurait se montrer convaincante. Car malgré les doutes qui l'assaillaient, malgré ses désirs d'un ailleurs, elle ne supporterait pas l'existence sans lui. Elle avait depuis longtemps décidé de passer sa vie avec Einar, de vieillir en sa compagnie.

Un étrange silence s'était à présent abattu sur la maison. Einar devait être en train d'ouvrir la porte. Oui, elle entendait distinctement la clé tourner dans la serrure. Un grand fracas suivit, puis :

– Qu'est-ce que vous nous voulez ? Qu'est-ce que c'est que ça, hein ? C'est quoi ? Pourquoi vous êtes venu ici armé ? hurla son mari.

Elle n'en pouvait plus. Se bouchant les oreilles, elle courut vers la porte d'entrée. Le temps d'appuyer sur la poignée, elle discerna des cris à l'étage, puis elle s'empressa de fuir dans la neige ; elle n'était pas assez couverte pour supporter de telles températures, mais elle ne s'arrêta pas pour autant.

Elle courut, détala aussi vite que possible dans les tourbillons de flocons qui l'aveuglaient ; qu'importe, elle ne pouvait pas être témoin de ce qui se passait à l'intérieur, ne voulait pas entendre Einar perdre son sang-froid.

Elle aurait tout donné pour revenir vingt-quatre heures en arrière. Jamais elle n'aurait dû laisser entrer cet homme dans leur maison, dans leur vie.

Une autre chance, oui…

C'était là leur réveillon loin de toute civilisation.

Un Noël blanc, incontestablement, mais où était la magie ? Saisie par le froid, elle s'efforça de s'éloigner aussi vite que possible de cette maison maudite, suivant la route dissimulée sous un épais manteau neigeux qui semblait avoir effacé presque tous ses points de repère.

Il fallait qu'elle arrive jusque chez Anna. C'était trop loin, elle le savait bien, elle ne survivrait jamais à cette expédition dans de telles conditions sans même une veste sur les épaules. Et pourtant elle courait, courait encore, comme dans un rêve, un cauchemar, à peine capable de soulever son corps devenu si lourd dans les bourrasques de vent, à peine capable d'aspirer de l'oxygène dans ses poumons contractés par le froid, mais c'était la seule option, elle ne pouvait pas s'arrêter.

Pas avant que son corps l'abandonne, pas tant qu'il lui restait une once de force.

Elle comprit alors qu'elle risquait purement et simplement de mourir de froid. Mais cette pensée s'évapora aussi rapidement qu'elle était apparue, remplacée par l'image d'Einar à l'humeur instable, par celle d'Anna, sa fille bien aimée, leur fille à tous les deux. Et par celle de cet inconnu qui avait tout anéanti, réduit à l'état de ruine cette vie qu'ils avaient passé des années, des décennies à construire. Une vie imparfaite à de multiples égards, mais sa vie à elle. Il n'avait pas le droit de faire ça. De tout foutre en l'air.

Elle s'immobilisa, harassée. Regardant en arrière, elle se rendit compte qu'elle n'avait pas avancé autant qu'elle en avait eu l'impression. Ses sens étaient comme étouffés par la neige. Leur maison n'était pas bien loin, même s'il était difficile de la distinguer à travers la muraille blanche de flocons qui la cernait.

L'absence de lumière lui donnait une allure sombre et froide. Pas la moindre lueur dorée et chaleureuse visible à travers les fenêtres. Un simple bloc géométrique pris dans les griffes glaciales de l'hiver.

Einar et l'homme en étaient probablement venus aux mains à l'étage, et elle était soulagée de se trouver à distance de leur confrontation. Elle reprit sa course, luttant avec toute l'énergie qu'il lui restait contre la fatigue. C'était comme si elle fuyait quelqu'un, *quelque chose*, un danger mortel.

Les flocons lui fouettaient le visage, le froid s'engouffrait par tous ses pores, mais elle ne devait pas baisser les bras. Pas le temps de passer la main sur ses yeux pour mieux y voir, il fallait avancer. Elle suivait ce qu'elle estimait être la vieille route pour être sûre de ne pas se perdre. Elle ne pouvait pas se le permettre. Car elle finirait par faire demi-tour, bien sûr. Une fois qu'Einar aurait réglé le problème, comme il le faisait toujours. Elle pouvait lui faire confiance. C'était un homme déterminé, obstiné, parfois colérique. Mais jamais il ne s'était montré menaçant envers elle ou envers Anna.

Chaque pas la rapprochait de la maison de sa fille, même si la distance restait considérable. N'arrivant plus à maintenir son rythme effréné, elle ralentit un peu la cadence avant de s'arrêter un instant. Aussitôt, le froid resserra son étreinte sur elle. Sentant à peine ses doigts, elle tenta de les remuer pour favoriser la circulation du sang, mais rien n'y fit. Il fallait qu'elle rebrousse chemin, ce cirque n'avait que trop duré. Son regard se posa alors sur la voiture.

Leur bonne vieille jeep verte. Einar la garait toujours au même endroit pendant l'hiver, car les derniers mètres, là où les congères étaient les plus hautes, devenaient presque impraticables en voiture.

Elle jeta un rapide coup d'œil par-dessus son épaule, terrifiée à l'idée que quelqu'un ait pu la suivre. Personne. Apparemment. À vrai dire, elle ne voyait quasiment rien.

Terrassée par le froid, elle n'avait plus la force de retourner à la maison. Pas tout de suite. Elle ouvrit la portière de la voiture restée déverrouillée, puis se glissa à l'intérieur côté conducteur. Elle regarda si son mari n'avait pas laissé la clé de contact dans le démarreur, comme cela lui arrivait parfois. Elle n'avait pas l'intention de conduire dans cette tempête, mais elle aurait aimé mettre le chauffage. Rien. Tant pis, au moins, elle était à l'abri du vent. Voulant récupérer un peu d'énergie, elle ferma les paupières, toutefois déterminée à ne pas s'endormir.

20

Erla sursauta.

Elle s'était endormie, mais elle ignorait combien de temps. Tremblant de froid, elle s'estima heureuse d'avoir pu rouvrir les yeux. Avait-elle entendu un bruit ? Ou était-ce une hallucination ? S'étirant, elle tourna la tête sur la gauche et là, par la vitre, elle croisa un regard qui la fixait derrière un rideau de flocons.

Le souffle coupé, paralysée de terreur, elle ne reconnut pas l'individu mais comprit en un éclair qu'elle n'avait aucune issue – la voiture n'était pas fermée à clé et elle était pour ainsi dire coincée sur son siège. Détournant le regard, elle s'empressa dans un geste paniqué de verrouiller la portière. Un soulagement de courte durée, car elle ne pouvait atteindre que celle de son côté.

L'homme frappa au carreau. C'était ce bruit qui l'avait réveillée.

Erla tourna lentement la tête dans sa direction, terrorisée, le cœur au bord de l'implosion. Il ne pouvait s'agir que de deux personnes : Einar ou l'inconnu. Elle n'allait pas recommencer à croire à un fantôme à cet instant.

Pourvu que ce soit Einar, songea-t-elle.

Elle regarda l'homme.

Ce n'était pas lui.

Elle resta pétrifiée sur son siège.

Il frappa de nouveau à la fenêtre.

– Erla ? l'interpella-t-il d'une voix étouffée.

Il tira sur la poignée de la portière, sans succès.

– Vous pouvez ouvrir ? Je dois vous parler.

Elle voulut répondre, mais les mots restaient coincés dans sa gorge.

– Vous voulez bien revenir avec moi à la maison, s'il vous plaît ?

Elle discerna une incertitude dans sa voix. Étrange, car si quelqu'un devait être effrayé, c'était bien elle.

Où est Einar ? se demanda-t-elle. Pourquoi n'était-il pas sorti la chercher ? Elle s'efforça de ne pas laisser son imagination s'emballer. Tout allait bien, il fallait qu'elle se calme. L'explication était évidente. Ils devaient s'être séparés, être partis chacun de leur côté pour essayer de la retrouver.

Et elle s'était endormie dans la voiture, exténuée. Quelle idée désastreuse, de chercher refuge ici. La neige avait continué de tomber, et ce vieux tacot était un bien piètre abri : il y régnait un froid glacial et le vent s'y engouffrait sans difficulté.

– Erla, sortez de là. Je dois vous parler !

Il saisit de nouveau la poignée de la portière, et elle eut la sensation qu'il allait parvenir à l'arracher. Mais malgré son grand âge, la voiture résista.

Elle fuit son regard avant de se raviser et de le fixer d'un air sévère. *Que me voulez-vous ?* essayait-elle de lui faire comprendre avec les yeux, sans toutefois oser émettre le moindre son.

Il avait peur. Oui, cela ne faisait aucun doute. Pourtant, c'était lui qui la terrorisait. En fait, ils avaient tous deux l'air terrifié, ce qui n'était pas un bon présage. Tout comme elle, il n'était pas suffisamment vêtu pour affronter un tel blizzard, et à présent il était presque entièrement couvert de neige. Il devait avoir terriblement froid, néanmoins il demeurait mû par une étrange énergie. Qu'est-ce qui avait bien pu se passer ? Erla redoutait d'apprendre la vérité.

Soudain, il lâcha prise et fit d'un bond le tour du véhicule. Elle essaya de tendre le bras du côté passager, mais ses membres, encore engourdis par le sommeil et le froid, étaient plus lents et raides que ce à quoi elle s'était attendue.

Plus rapide qu'elle, il parvint à ouvrir la portière.

21

Jamais au cours de sa vie Erla n'avait été aussi terrifiée.

Elle regarda l'inconnu, cet homme qui avait fait basculer leur Noël vers un cauchemar sans fin, cet homme qui était venu chez eux, leur avait menti sans vergogne. Cet homme armé d'un couteau. Alors que personne n'était censé venir ici en cette saison, alors qu'ils étaient censés être en sécurité, loin de tout et de tous.

Son regard brillait d'une intensité nouvelle, et un instant ils restèrent parfaitement immobiles. C'était comme s'il ne savait pas ce qu'il convenait de faire, à présent qu'il avait ouvert la portière.

Erla remua légèrement sur son siège, essayant de s'éloigner de lui. Mais il ne bougeait pas. Ne semblait pas vouloir l'attaquer. Avec lenteur, elle tâtonna à la recherche du verrou de sa propre portière sans le lâcher des yeux. Alors, il prit la parole :

– Je dois vous parler, Erla. C'est très urgent.

Elle ne dit rien, le fixant simplement du regard. D'une voix si basse que les mots avaient du mal à se détacher du fracas de la tempête – la neige n'était jamais tombée aussi dru, le hurlement du vent n'avait jamais été aussi assourdissant –, il ajouta :

– Je n'ai pas l'intention de vous faire du mal, je vous le promets.

Cette simple phrase lui fit l'effet d'une morsure au sang. D'un geste, Erla ouvrit la portière et bondit hors de la voiture.

Elle ne regarda pas en arrière et se mit à courir vers la maison. À nouveau, elle n'avançait pas très vite, la neige était encore plus profonde et les flocons lui obstruaient la vue, mais elle savait quelle direction prendre, elle connaissait les lieux par cœur même si elle ne les avait jamais parcourus dans un tel état de panique, comme si sa vie en dépendait, anéantie par la sensation que quelque chose de terrible s'était passé et qu'elle était véritablement en danger, malgré tout ce que pouvait affirmer Leó.

Je n'ai pas l'intention de vous faire du mal. Elle ne voulait même pas savoir à quelle distance il se trouvait. Surtout, ne pas ralentir. Tout en courant, elle hurlait dans le vide le prénom de son mari aussi fort qu'elle le pouvait, consciente que le vent étoufferait rapidement ses cris désespérés, et craignant que tout appel soit vain. Que quelque chose soit arrivé à Einar. Mais non. Hors de question. Elle refusait de le croire.

Bon sang, où *diable* était-il ? Pourquoi se trouvait-elle là seule, abandonnée, fuyant un homme dangereux, le soir du réveillon de Noël ?

– *Einar !*

L'énergie qu'elle parvenait à déployer la stupéfiait. La peur était un moteur puissant. La maison atteinte, elle s'y enfermerait à double tour, se barricaderait à l'intérieur, condamnerait toutes les fenêtres.

Encore quelques mètres, oui... Des points dansaient devant ses yeux, elle était épuisée, mais si près du but. Quelques tout petits pas. Elle y arriverait. Pas d'autre choix.

Pourquoi Leó ne l'avait-il toujours pas rattrapée ? Avec de la neige à hauteur de genoux, le parcours n'était pas aisé, mais il devait courir plus vite qu'elle. Elle avait la sensation qu'il était juste derrière elle, prêt à lui saisir l'épaule, à la pousser par terre et à... à quoi, ensuite ?

Elle eut envie de tourner la tête, de s'assurer de son avance, mais elle n'osa pas. Elle continua de courir.

La maison était juste là, elle y était presque... presque...

22

En dehors de la radio, qui diffusait *Douce nuit, sainte nuit* chantée par une chorale au cours de la messe, le silence était total. Comme à son habitude, Hulda avait orné la table de sa parure de fête : une nappe rouge, des assiettes assorties, de jolis verres et une carafe en cristal remplie de soda au malt. Dans son élégant plat, le rôti de porc fumé refroidissait un peu plus chaque minute.

Sa mère avait déjà bien entamé sa viande, accompagnée de sauce et de pommes de terre caramélisées, alors que Hulda n'avait toujours pas touché à son assiette.

Jón était aux abonnés absents, de même que Dimma.

– Ils ne devraient plus tarder à arriver, dit-elle, le regard perdu dans le vide, surtout pour elle-même.

– Ma chérie…

Hulda leva les yeux sur sa mère qui poursuivit, après avoir pris une bouchée de rôti :

– Je ne sais pas comment vous éduquez votre fille, mais c'est d'une grande impolitesse de faire attendre les gens comme ça le soir du réveillon. Je ne l'ai pas vue de la journée ! Jamais on n'aurait toléré un tel comportement dans ma jeunesse, et les choses ne se passaient pas comme ça avec toi non plus.

– Maman…

– Veux-tu que j'essaye de lui parler ? Nous avons toujours été si proches, Dimma et moi, ajouta-t-elle avec un sourire.

Contrairement à nous deux, eut envie de lui rétorquer Hulda. Elle se contenta toutefois de dire, sans réelle conviction :

– Jón s'en occupe. Tout va bien.

– Vous travaillez probablement trop. Ce doit être ça. Jón est toujours à courir à droite et à gauche, et toi, avec tes missions difficiles pour la police… Eh bien je ne trouve pas ça approprié. Vous devriez accorder davantage d'attention à votre fille ; quant à toi, tu devrais essayer de trouver un emploi plus facile. Quelque chose à mi-temps, peut-être. J'ai l'impression que Jón gagne bien assez pour toute la famille.

– Nous verrons, maman, répondit-elle d'un ton sec avant de se lever et d'appeler dans le couloir : Jón, Dimma, vous venez ?

– Il y a un vrai manque de discipline, pour être tout à fait honnête. Parfois, il faut savoir prendre les rênes.

– Prendre les rênes ?

– Absolument.

– Qui doit les prendre ? Nous ? Ou toi ?

La mère de Hulda tressaillit.

– Je… Je ne voulais pas dire… Mais en tant que mère, on a bien le droit de se mêler de ce qui concerne nos enfants et même nos petits-enfants, de leur éducation. J'ai quand même de l'expérience en la matière.

– Vraiment ? Sérieusement ? lâcha Hulda malgré elle, avant de le regretter immédiatement.

Jón l'interpella depuis le couloir, faisant retomber l'atmosphère soudain électrique entre les deux femmes :

– J'arrive, ma chérie !

– De quoi veux-tu parler, Hulda ? Qu'est-ce que tu entends par là ?

La voix de sa mère était sur le point de se briser, et Hulda aurait voulu se trouver très loin à cet instant précis.

– Rien du tout, maman, excuse-moi. Je me suis juste énervée. Ces derniers jours avec Dimma n'ont pas été faciles.

Silence. Sa mère devait bien avoir perçu, par-delà ces mots anodins, le gouffre profond qui s'était creusé entre elles depuis toutes ces années, un gouffre désormais infranchissable. Hulda avait appris à vivre avec, mais sa mère probablement pas.

Cette dernière baissa les yeux sur son assiette et reprit une bouchée.

– Tu sais que… que j'ai fait de mon mieux… avec toi…

Ses balbutiements se dispersèrent dans l'écho de la messe que la radio continuait de diffuser.

Un instant plus tard, Jón apparut, la mine grave, sans prononcer un mot. Il avait tendance à se renfermer ainsi lorsqu'il était contrarié. Hulda le regarda avec insistance, mais il était clair que Dimma refusait toujours de se joindre à eux. Pensant à ses cadeaux encore emballés au pied du sapin si joliment décoré, elle comprit que ce réveillon, soirée sacrée par excellence, ne pourrait s'achever que dans la morosité.

Toute la joie que Jón manifestait habituellement les soirs de fête avait disparu. Hulda aurait aimé que sa mère s'en aille, mais aucune chance, et elle s'imaginait mal la mettre dehors, surtout un 24 décembre.

C'est justement sa mère qui rompit le silence :

– Qu'est-ce qui lui arrive, au juste ? Et si j'allais lui parler ?

Hésitant, Jón prit place à la table.

– Merci, mais ça ne servirait à rien.

Attrapant la carafe en cristal, il se versa un verre de soda au malt.

– Elle refuse toujours de sortir de sa chambre.

– Pourquoi ? demanda la mère de Hulda.

– Je l'ignore. Croyez-moi, j'aimerais savoir quoi faire, fit-il, accablé. C'est... c'est une forme de défiance, comme une crise d'adolescence, mais à un niveau exacerbé. Je crois que... qu'elle se rebelle contre toutes ces traditions, Noël et ce qui va avec. Je n'ai pas d'autre explication.

– Il faut la secouer, cette enfant ! s'exclama la mère de Hulda en tapant doucement sur la table pour appuyer son propos. Plus de discipline.

– Maman ! Tu veux bien te taire ? Je ne veux plus rien entendre. Jón et moi gérons la situation.

– Tu veux peut-être que je m'en aille ? répliqua-t-elle dans un sifflement. Je peux partir, ma chérie, si tu veux bien avoir l'amabilité de m'appeler un taxi.

Hulda ne demandait pas mieux, elle aurait voulu se jeter immédiatement sur le téléphone, mais elle répondit finalement :

– Bien sûr que non ! Ne dis pas de bêtises, maman. Restons ensemble et finissons notre repas. Profitons de la soirée, et après nous ouvrirons les cadeaux.

Elle sentit une larme couler sur sa joue. Détournant la tête, elle l'essuya et tenta de reprendre contenance.

– Ça va lui passer, dit Jón en tendant le bras vers le rôti.

– Non, ça ne va pas lui passer, rétorqua Hulda, oubliant un instant que sa mère était à table avec eux. Pas comme ça. Après Noël, nous appellerons un médecin ou un psychologue. C'est la seule solution.

Jón leva les yeux d'un air gêné, posant son regard d'abord sur sa belle-mère, puis sur Hulda.

– Je crois qu'il n'y a pas de solution, mon amour. Mais nous en rediscuterons plus tard.

23

Erla saisit la poignée comme si sa vie en dépendait. Heureusement, la porte était ouverte – comme toujours, aucune raison d'avoir peur dans ces contrées…

Elle se jeta presque à l'intérieur.

Enfin à l'abri.

Ne restait plus qu'à se barricader. Claquer la porte en ayant au préalable actionné le verrou automatique. Mais cela impliquait de se retourner, de regarder la peur en face. Et vite.

Elle s'exécuta. Pas de trace de Leó, du moins au premier regard.

Au moment de refermer la porte, elle l'aperçut enfin. Il se rapprochait, mais il était bien plus loin qu'elle ne l'avait cru. Elle plissa les yeux pour mieux le distinguer à travers le brouillard que formaient les flocons agités en tous sens. Elle n'avait pas rêvé : il ne courait pas, il marchait. Il avançait à un rythme régulier mais ne semblait pas pressé.

Lorsqu'elle s'en rendit compte, elle fut traversée d'un frisson d'horreur. Elle fit claquer la porte de toutes ses forces, s'assura qu'elle était bien verrouillée, puis inspira profondément.

Pourquoi n'était-il pas pressé ?

Que savait-il qu'elle ignorait ? Qu'Einar ne viendrait pas la secourir ?

Elle soupira, s'efforçant d'apaiser son cœur aux abois, de retrouver ses repères.

Les fenêtres ! Étaient-elles toutes bien fermées ? Par ce temps, cela ne faisait aucun doute. Et même si elles étaient restées ouvertes, leur interstice trop étroit ne lui permettrait pas de se glisser au travers.

La porte de derrière ?

Elle traversa le salon puis le couloir à toute vitesse.

Elle était bien fermée à clé.

Elle souffla, soulagée. S'appuya au mur et ferma les yeux. Elle avait si froid. Si froid.

Pas de téléphone. Pas d'électricité. Et à chaque seconde, Leó se rapprochait.

Si seulement il pouvait disparaître...

Si seulement elle pouvait se réveiller de ce cauchemar...

Le soleil s'était couché et la maison était désormais plongée dans les ténèbres. L'électricité pourrait mettre plusieurs jours à revenir. Était-elle censée attendre aussi longtemps ? Attendre que Leó s'en aille ? Où était Einar ?

– Einar ! cria-t-elle, encore plus fort qu'avant.

Déchirant le silence, le mot sembla flotter dans l'air pendant plusieurs secondes. Elle tendit l'oreille dans l'espoir d'une réponse. S'il était bien là, il l'avait forcément entendue.

– Einar ! répéta-t-elle.

Elle s'assit par terre tout au fond du couloir. L'obscurité était totale, absolue. Pas de fenêtre à proximité. Ici, elle pouvait se pelotonner dans son coin, en parfaite sécurité. Personne ne la prendrait par surprise. Elle se sentait vidée.

Et toujours pas de réponse.

Comme souvent dans ses moments de détresse, elle pensa à Anna. Son ancienne chambre juste là, dont la porte était fermée, comme d'habitude. Une chambre qui n'était pas louée aux voyageurs. Le sanctuaire de son enfance, ce lieu qu'elle avait habité jusqu'à déménager pour aller au lycée, et qui devait être laissé en paix.

Après plusieurs années, elle était finalement revenue vivre à la campagne, non plus dans sa vieille chambre, mais dans la ferme voisine. Erla avait été si heureuse d'avoir à nouveau sa fille près d'elle.

Il neigeait sans doute encore. Impossible à vérifier d'où elle était, mais elle ne se sentait pas le courage de bouger, pas tout de suite. Pas avant d'être sûre qu'elle était pleinement en sécurité. Le vent soufflait, et même recroquevillée contre le mur, elle sentait la tempête – toute la maison vibrait. Einar avait toujours aimé ce genre de phénomènes extrêmes, il prenait plaisir à entendre les éléments se déchaîner, affirmait qu'ils avaient de la chance de pouvoir contempler ces forces extraordinaires tout en restant abrités. Il avait cette vie-là dans le sang, c'était un enfant de la nature. Probablement leur plus grande différence.

Mais où était-il à présent ?

Devait-elle de nouveau l'appeler ?

Elle n'osa pas briser le calme qui s'était installé dans la maison. Chaque nouvelle minute de silence accroissait les chances que Leó baisse les bras. Qu'il parte, l'abandonne à son sort.

Foutue coupure de courant. Une putain de malchance. Mais il fallait s'y attendre ; cela arrivait tout le temps en hiver, particulièrement lors de tempêtes comme celle-ci. Ils auraient dû s'en plaindre plus souvent, mais leur influence était limitée, et réparer les lignes électriques pour alimenter une ou deux maisons ne constituait jamais une priorité. Anna devait sans doute en faire les frais également.

Quant au téléphone, c'était plus étrange. Il fonctionnait presque toujours. Leó avait-il quelque chose à voir là-dedans, comme Einar l'avait suggéré ?

Son corps commençait enfin à se réchauffer, mais la peur, elle, ne la quittait pas. Réfugiée dans son cocon imaginaire, elle s'efforça d'ignorer le tumulte du vent et de se concentrer sur Leó. Essayait-il de s'introduire dans la maison ?

Le verrait-elle, d'ailleurs, dans ces ténèbres insondables ?

Le mieux était de rester pelotonnée ici. D'attendre que la tempête passe.

Elle ferma les yeux. Peut-être pas la décision la plus sage dans cette situation, mais elle avait besoin de laisser son esprit s'évader un peu. Elle songea de nouveau à Anna et Einar. S'imagina qu'ils étaient tous trois réunis en ce soir du réveillon. Personne d'autre. Bientôt le moment d'ouvrir les cadeaux...

Elle patienta un long moment, priant pour que ce vœu s'incarne dans la réalité, mais rien.

– Einar ! s'écria-t-elle encore, avec pour seule réponse la complainte du vent. Einar ! Tu es là ?

Elle se leva. Le moment était venu de partir à sa recherche. Elle commencerait par explorer la maison. Hors de question de sortir tant que le temps ne s'était pas amélioré – elle espérait que Leó se serait alors volatilisé. Dans une bouffée d'angoisse, elle ne put s'empêcher d'imaginer Einar coincé dehors, blessé dans la neige. Et elle, trop lâche pour le chercher. Peut-être… Mais d'un autre côté, sortir dans ces conditions, et avec Leó qui rôdait dans les parages, c'était de la folie.

Elle resta un instant debout, figée dans son coin. Avec lenteur, elle parvint à faire un premier pas.

C'est alors qu'on frappa à la porte.

Le bruit résonna tel un coup de tonnerre dans toute la maison, plus puissant que les bourrasques assourdissantes, au point qu'elle se demanda l'espace d'une seconde si la tempête ne s'était pas soudainement calmée.

Son pire cauchemar prenait forme.

Ou bien avait-elle rêvé ? Elle peinait à distinguer l'illusion de la réalité. Ses yeux désormais un peu plus habitués à la pénombre, elle avança le long du couloir, s'appuyant au mur pour ne pas trébucher. Il fallait qu'elle se rapproche de la porte d'entrée pour être sûre.

Elle sursauta lorsque de nouveaux coups furent frappés, encore plus fort. Pour elle, le message était clair : *Tu n'es en sécurité nulle part.*

Elle s'immobilisa, et ce fut comme si le temps s'était lui aussi arrêté.

Dans sa tête se bousculaient les images d'un réveillon avorté. Pas de gigot d'agneau sur la table, pas de messe à la radio, pas de cadeaux. Pas de nouveau roman. Ce qu'elle attendait le plus : ouvrir son livre, le dévorer toute la nuit à la lueur des bougies. Cette pensée lui réchauffa le cœur et, pendant un instant, elle parvint presque à oublier à quel point cette vision féerique était hors de portée, bien qu'elle se trouvât dans le cocon autrefois si doux, si sécurisant de son foyer.

Plus rien ne semblait évident, acquis, et elle prenait peu à peu conscience qu'après cette soirée, tout aurait changé. Restait à voir comment elle allait se terminer.

On frappa de nouveau et, comme hypnotisée, Erla s'approcha. Elle connaissait le danger, mais ne contrôlait plus rien. Elle jeta un coup d'œil dans le vestibule, à travers la petite fenêtre en vitrail à côté de la porte, et fit un bond en arrière lorsqu'elle aperçut les contours d'un visage. Sous le choc, elle faillit tomber à la renverse.

C'était lui. Le salopard.

Bien sûr que c'était lui. Qui d'autre ?

Peut-être avait-elle inconsciemment espéré que ce serait Einar.

Que Leó aurait disparu.

Mais aucun doute, malgré le verre coloré qui atténuait ses traits, il s'agissait bien du visage de Leó.

– Je sais que vous êtes là, Erla.

Enfin, il prenait la parole – ou peut-être qu'elle n'avait rien entendu auparavant.

– J'avais laissé ouvert, mais maintenant c'est fermé à clé, cria-t-il. Laissez-moi entrer, il faut que nous parlions. C'est... Il s'est passé...

Il s'interrompit.

– J'ai besoin de savoir..., reprit-il.

C'est moi qui ai besoin de savoir... où est Einar, songea-t-elle.

Mais elle ne voulait pas répondre, ne voulait pas lui donner le moindre signe de vie, lui confirmer qu'elle était là. Sinon, il allait probablement tenter de briser la vitre pour atteindre le verrou. Il tambourina encore plus fort, d'abord contre la porte, puis sur le vitrail.

Prenant son courage à deux mains, le cœur battant,

elle fit un pas de plus dans le vestibule, un plongeon vers l'inconnu. Elle allait lui répondre. C'était comme si elle venait de quitter son corps, comme si une autre personne avait pris la décision pour elle.

– Qu'est-ce que vous me voulez, à la fin ? s'écria-t-elle. Je n'ai pas à vous ouvrir !

– Vous comptez me laisser mourir de froid ?

– Ça ne… ça ne me regarde pas, répondit-elle, sentant son courage décliner aussi rapidement qu'il avait afflué.

Il frappa à la porte avec une telle force qu'elle prit peur et recula d'un pas.

– Ouvrez-moi, Erla !

– Vous n'avez pas à me donner d'ordres !

Silence.

– Où est Einar ? reprit-elle.

Aucune réponse.

– Je vous ouvrirai si vous me dites où il est.

Elle n'avait aucune intention de tenir parole. Cette ordure pouvait bien geler sur place. Il était hors de question qu'il s'approche d'elle.

Elle patienta, commença à se demander s'il était encore là, se prit à espérer qu'il était parti. Loin d'ici. Pour ne plus jamais revenir. Qui sait, peut-être n'avait-il été durant tout ce temps qu'un simple mirage…

L'obscurité commençait véritablement à lui peser. En général, les coupures de courant ne l'affectaient pas beaucoup, elle avait l'habitude de se créer un cocon douillet dans le noir, mais là, c'était impossible. Il fallait qu'elle trouve des bougies, oui… Elles étaient restées sur la table basse. Alors qu'elle s'apprêtait à rejoindre le salon, la voix de Leó se fit de nouveau entendre.

– Si vous ouvrez, je vous dirai où il est.

Elle frissonna. Savait-il vraiment où Einar se trouvait ? Ou mentait-il encore ? Lui avait-il fait quelque chose, l'avait-il enfermé quelque part ? Ou bien son mari était-il toujours dehors à la chercher partout, dehors dans le froid, dans la neige ?

Faits et spéculations se mêlaient dans son esprit au point de lui donner le vertige, elle ne parvenait plus à discerner le vrai du faux, n'avait plus de point de repère dans les ténèbres, terrifiée par cet homme de l'autre côté de la porte, terrifiée par ce silence qui enveloppait tout, terrifiée par la perspective d'une tempête d'un autre genre à venir, bien plus puissante que celle qui faisait rage dehors…

À tâtons, elle rejoignit le salon, prétendant que Leó n'existait pas. Elle devait reprendre le contrôle de la situation. Il ne s'en irait pas, il finirait par s'introduire dans la maison, elle le pressentait et ne savait que trop bien comment cela se terminerait. Puisque personne ne volerait à son secours, elle se sauverait toute seule.

Elle ramassa les bougies sur la table basse. Maintenant, les allumettes. Où étaient-elles ? Einar avait pris l'habitude de les garder dans sa poche depuis l'époque où il fumait. Mais il avait disparu. Elle devait réfléchir à toute vitesse. Leó ne disait plus rien, ne frappait plus, et elle fut de nouveau saisie d'effroi. Toutes les portes étaient fermées, oui. Aucun doute. Il ne pourrait pas pénétrer dans la maison sans faire un vacarme de tous les diables, elle s'en rendrait forcément compte.

N'avait-elle pas aperçu une boîte d'allumettes dans la cuisine ? Au-dessus du réfrigérateur ? Elle s'y rendit avec précipitation, tendit la main vers l'étagère et tâtonna. Un instant, elle craignit de s'être trompée… mais elle était bien là. Elle s'empressa d'attraper une allumette, essaya de la frotter d'une main tremblante – elle avait froid, mais surtout affreusement peur.

À la deuxième tentative, elle parvint à faire naître une flamme qu'elle porta prudemment vers la mèche de la bougie. De la lumière, enfin.

C'était souvent ainsi autrefois, lorsque Anna était enfant. L'électricité était capricieuse et peu fiable. Avec le recul, ces soirées en famille à la lueur des bougies n'étaient pas désagréables. Ils s'installaient tous les trois à table et jouaient aux cartes, ou bien juste toutes les deux quand Einar n'était pas d'humeur. La jeunesse d'Anna s'était déroulée ainsi, dans un perpétuel combat contre les éléments, avant qu'elle ne parte enfin pour le lycée et qu'Erla nourrisse l'espoir de la voir échapper aux chaînes de son héritage. Il fallait que cette lutte pour la survie, transmise de génération en génération, cesse avec Einar et elle. Que leur fille se forge un nouveau destin, ailleurs, où la vie serait peut-être un peu plus simple. Après quelques années, celle-ci leur avait toutefois annoncé son intention de revenir vivre à la campagne, encore célibataire, encore beaucoup trop jeune, et de réhabiliter le terrain voisin qui appartenait également à la famille. Personne ne s'attendait à ce que ces terres soient un jour de nouveau exploitées, mais Anna ne voulait pas abandonner la ferme, sa maison, le sanctuaire de son enfance. Elle s'inquiéterait de trouver un mari et de fonder une famille plus tard. « Ça viendra quand ça viendra. » Erla se rappelait bien cette conversation. Au début, elle s'était emportée contre sa fille, avant de diriger sa colère contre elle-même pour ne pas avoir exprimé plus fermement auprès d'Einar son désir de partir. Mais la réponse d'Anna l'avait prise au dépourvu. La jeune fille avait sincèrement envie de vivre là, elle aimait profondément cette région, sa nature, les bêtes, la météo, tout. Exactement comme Einar. Les chiens ne font pas des chats… Alors qu'elle-même était si différente de sa fille. Après cela, elle n'avait plus jamais abordé le sujet avec Anna.

Leó frappa un nouveau coup contre la porte, la tirant de ses rêveries. Visiblement, il n'avait pas l'intention de baisser les bras. Il ne faisait toutefois montre d'aucune violence, du moins pas encore… Mais pas question de le laisser entrer. Qui sait de quoi il était capable ?

La bougie à la main, elle parvint enfin à se repérer. Elle jeta un coup d'œil circulaire dans la cuisine, puis regagna le salon. Pas de trace d'Einar. Bien entendu. Elle s'en serait déjà rendu compte. Rien ne semblait avoir bougé non plus, tout était à sa place… Et en même temps, pas du tout. *Ils auraient dû être assis à table*, tous les trois, à déguster leur repas. *Là*, oui, tout aurait été à sa place.

Où était donc passé Einar ? Là-haut, peut-être ? Gisait-il, blessé, après son affrontement avec Leó ? Elle se sentit défaillir à cette idée.

Elle inspira profondément et, un pas à la fois, elle grimpa l'escalier qui menait aux combles. Le tapage de Leó lui parvenait comme un lointain écho. Chaque mouvement lui coûtait tandis que l'angoisse affluait dans ses veines. Le bruit de ses propres battements de cœur semblait désormais plus puissant que celui de l'extérieur.

Dès qu'elle eut atteint le palier, elle vit que la porte

de la chambre d'amis était ouverte. Quelque chose de terrible était arrivé, elle le sentait. Elle voulut prendre la fuite, s'échapper de cette maison, tout plutôt qu'affronter la vérité.

Elle resta immobile un instant, néanmoins consciente que le temps pressait. Si Leó avait fait du mal à Einar, il fallait qu'elle le sache. Qu'elle ait la possibilité de réagir, de se mettre à l'abri.

Elle parcourut les derniers mètres qui la séparaient de la porte ouverte tête baissée, sans oser regarder à l'intérieur, pas tout de suite. Elle souleva la bougie pour illuminer la pièce, puis ferma les paupières, sentant la sueur perler sur sa peau, avant de les rouvrir.

Pendant une fraction de seconde, la première pensée qui jaillit des profondeurs de son inconscient fut la liberté.

Elle était enfin libre.

Elle pouvait enfin partir d'ici, s'échapper de cette écrasante solitude, de sa réclusion, se fondre dans une société fourmillante, avoir des amis, des connaissances, retrouver sa famille plus souvent. Elle n'avait plus à se sentir prisonnière de son propre foyer pendant des mois et des mois chaque année…

Puis vinrent la nausée, la honte. La honte de cette première réaction, de ce premier réflexe.

Son mari, l'amour de sa vie, gisait là, immobile, dans une flaque de sang.

24

Erla voulut crier mais les sons refusaient de sortir de sa gorge. Sur le point de vomir, elle s'accroupit et inspira profondément, ferma les paupières, essaya de retrouver son calme, son équilibre. Elle songea qu'elle avait peut-être mal vu, peut-être n'y avait-il personne ici, pas de corps, pas de sang. Elle rouvrit les yeux et fut prise d'un nouveau haut-le-cœur face à cette effroyable vision.

La peur succéda à l'horreur lorsqu'elle comprit qu'elle était seule, *absolument seule*, et que Leó avait assassiné Einar.

Leó, qui exigeait d'entrer dans la maison, était un assassin de sang-froid.

Et elle était en danger de mort. Elle envisagea de se faufiler par la lucarne au-dessus de sa tête, mais ce n'était pas réaliste. La fenêtre était trop petite et le toit trop pentu, sans parler de la météo. Le cerveau tournant à toute vitesse en quête d'une issue, elle sentit une larme couler sur sa joue.

Elle devait avant tout se sauver, elle n'avait pas le temps de pleurer Einar. Pourtant, elle ne pouvait s'en empêcher. Se penchant sur son corps inanimé, elle appuya deux doigts sur son cou pour vérifier si elle ne percevait pas un pouls. Le sang ne laissait pas vraiment de place au doute, mais elle devait s'en assurer. Rien. Il était bel et bien mort. Et quand bien même il aurait été vivant, les secours étaient trop loin, inaccessibles et impossibles à joindre.

Erla se précipita hors de la pièce et descendit les marches quatre à quatre, tenant le bougeoir fermement pour ne surtout pas se retrouver de nouveau dans le noir. C'était une question de minutes avant que Leó parvienne à s'introduire dans la maison. Pourquoi n'avait-il toujours pas essayé, d'ailleurs ? S'il avait tué un homme, aucune raison de croire qu'il allait l'épargner, elle.

La peur avait décuplé son énergie, elle marchait d'un pas décidé vers la porte d'entrée. Un instant, elle ne perçut que le silence, mais elle voulait savoir si l'inconnu se trouvait toujours de l'autre côté :

– Qu'est-ce que vous me voulez ? siffla-t-elle, d'un ton sec et ferme.

Le silence se prolongea, accentuant son angoisse. Puis finalement :

– Vous voulez bien me laisser entrer ? J'ai affreusement froid, et il faut absolument que je vous parle.

– De quoi ?

– Vous le savez très bien, Erla.

Son cœur manqua un battement et un instant, elle eut la sensation que les murs se resserraient sur elle.

– Qu'est-ce que vous me voulez ? répéta-t-elle.

Mais avant qu'il ait eu le temps de répondre, elle se hâta hors du vestibule – aussi discrètement que possible, pour que Leó pense qu'elle n'avait pas bougé. Elle posa la bougie sur la table basse du salon, l'éteignit et courut dans la cuisine chercher son trousseau de clés de secours. Elle gagna ensuite la porte de derrière, près du coin où elle s'était recroquevillée plus tôt dans le noir, priant pour se réveiller de ce cauchemar.

Mais désormais, elle ne pouvait plus se permettre le luxe du déni.

Fuir était inenvisageable dans ces conditions, et Leó aurait tôt fait de la rattraper. Même sa bonne vieille jeep ne lui serait d'aucun secours dans une telle tempête.

Prudemment, elle ouvrit la porte de derrière, tremblant de peur à l'idée qu'il ait compris son petit manège et qu'il surgisse devant elle. Dieu merci, il n'y avait personne. Un puissant courant d'air souffla une tornade de neige à l'intérieur de la maison. Erla sortit puis referma doucement derrière elle.

Cette fois, plus moyen de faire marche arrière.

Elle jeta un coup d'œil à l'angle de la maison, plissant les paupières contre le blizzard. Pas de trace de Leó, elle en était à peu près sûre. Il devait encore être en train de parler dans le vide en croyant s'adresser à elle. Elle courut jusqu'aux marches qui menaient au sous-sol. Là-bas, elle pourrait attendre que la tempête passe. Pas de fenêtre, une porte résistante, toutes sortes d'ustensiles et d'outils qui pourraient l'aider à se défendre s'il fallait en arriver là, et – le plus important – des boîtes de conserve.

Elle descendit d'un pas prudent pour ne pas glisser et se blesser, fouilla son trousseau à tâtons dans le noir, les mains tremblantes de frustration. Regardant par-dessus son épaule, elle tenta une clé, puis une deuxième, puis une troisième avant de trouver enfin la bonne. Comme toujours, la porte résista un peu, et quand elle parvint à l'ouvrir, les ténèbres opaques qui l'accueillirent lui firent soudain prendre conscience que, dans sa précipitation, elle avait oublié de prendre des bougies et des allumettes.

Et merde.

En catastrophe, elle pesa le pour et le contre. Il n'y avait pas de temps à perdre. Soit elle prenait le risque de retourner à la maison, soit elle attendait ici dans le noir. Deux choix impossibles.

Elle n'était pas sûre que Leó resterait derrière la porte d'entrée encore longtemps.

Non, cela n'en valait pas la peine.

Elle pénétra à l'intérieur, inspira profondément et referma derrière elle.

25

L'angoisse avait atteint son paroxysme. Jamais auparavant elle n'avait ressenti cela.

Prostrée derrière la porte, agrippée à la poignée, elle n'osait pas bouger. Elle ne voyait absolument rien, pas un point de lumière.

Une fois sa décision prise, elle avait su qu'il en serait ainsi, bien sûr, mais il y avait une grande différence entre être conscient de quelque chose et en faire l'expérience, et elle ne s'était pas préparée à la sensation qui s'emparait d'elle. Elle craignait de perdre l'équilibre si elle lâchait prise, la porte lui servait d'unique repère. De surcroît, il faisait un froid glacial dans la cave. Elle ne tiendrait pas longtemps, même avec toutes les réserves de nourriture au monde.

Enfant, Erla avait peur du noir. Elle pensait avoir surmonté cette phobie avec l'âge, mais à cet instant, elle ressurgissait avec force et fracas. La peur de ce qui se dissimulait dans les ténèbres. L'espace d'une seconde, comme un éclair, l'idée que Leó s'y trouve lui traversa même l'esprit. Qu'il soit tombé sur les clés du sous-sol, qu'il s'y soit réfugié et l'y attende. Sa respiration se fit plus haletante. Non, c'était impossible.

Absolument impossible. Il n'aurait jamais pu s'y rendre aussi rapidement. Et il n'y avait aucune trace de pas dans la neige, n'est-ce pas ? Ne les aurait-elle pas remarquées ?

Elle essaya d'inspirer à fond, d'éloigner ces sombres pensées. Elle ne pouvait être que seule.

Bien évidemment.

L'air était sec et lourd. Un espace clos, sans la moindre fenêtre. Avait-elle vraiment eu une bonne idée en venant s'abriter ici ?

Certes, la peur du noir ne s'était pas manifestée depuis qu'elle était adulte, mais le spectre de l'enfermement, lui, réapparaissait toujours au moment le plus inopportun. Toute sa vie, Erla s'était efforcée avec un succès mitigé de refouler l'idée qu'elle était loin de tout, privée de tout, mais à présent ses barrières avaient cédé, et une sensation toute-puissante de claustrophobie lui enserrait la gorge.

Elle tenait encore fermement la poignée de la porte dans sa main, seule solution pour maintenir la peur à distance. Tant qu'elle ne lâchait pas prise, elle pourrait ressortir sans effort. Le plus important, c'était de ne pas se perdre dans le noir.

Mais en réalité, ces inquiétudes étaient négligeables alors que Leó la pourchassait. C'était lui, la seule véritable menace. Que ferait-elle s'il frappait à la porte de la cave ? S'il tentait d'entrer ? Combien de temps allait-elle attendre ici ? Jusqu'à ce qu'il parte ? Mais où pourrait-il bien aller ?

Plus elle réfléchissait à sa situation, plus la réponse devenait claire : il n'y avait probablement aucun moyen d'éviter la confrontation avec Leó.

Mais elle n'allait pas arrêter d'essayer pour autant.

26

Recroquevillée contre le mur, Erla ne voyait rien mais elle savait toujours où se trouvait la porte.

Elle ignorait en revanche depuis quand elle se cachait dans la cave. Le temps semblait s'être dissous dans les ténèbres.

Elle n'entendait plus la tempête. Pour autant qu'elle sache, l'été pouvait être arrivé. La seule chose dont elle était certaine, c'était d'être en sécurité pour le moment, seule ici, et que Leó, loin d'elle, ne savait pas où elle se trouvait.

En décidant de se calfeutrer dans le sous-sol, elle avait notamment pensé aux conserves qui y étaient empilées, mais évidemment, il n'y avait pas d'ouvre-boîte à portée de main. Cette solution ne pouvait donc être que de court terme, tôt ou tard elle devrait ressortir et affronter le sort. Pas seulement la menace directe de Leó, mais également le fait que son mari était mort. Qu'il gisait dans son sang sous les combles de la maison.

Cette image ne cessait de la hanter, tout en lui semblant étrangement irréelle. Était-ce possible ? Leó avait-il vraiment tué Einar ? Avait-elle vraiment vu le corps de son mari étendu par terre ?

D'un coup lui revint le souvenir parfaitement net de leur rencontre. Elle n'avait même pas vingt ans, encore une enfant, et pourtant, son destin avait été scellé. Il était si séduisant – il n'avait d'ailleurs rien perdu de son charme en vieillissant. Il dégageait alors une certaine innocence, un flegme naturel. Un garçon attachant de la campagne qui découvrait la ville. Au cours du bal pendant lequel ils avaient fait connaissance, elle était tout de suite tombée follement amoureuse de lui, et ils avaient dansé toute la nuit. Il lui avait raconté sa vie à la ferme, lui avait fait l'éloge de la nature et cela avait touché une corde sensible en elle. Déjà, il parlait de l'importance de maintenir les exploitations isolées en activité, du devoir des hommes envers la terre. Fascinée, elle avait écouté son discours avec attention, s'imaginant ce à quoi pourrait ressembler leur existence si elle partait vivre là-bas.

À l'époque, l'idée d'habiter à la campagne avait pour Erla quelque chose d'attrayant. Sans doute son esprit de révolte ; elle voulait surprendre et choquer ses parents.

Et ça n'avait pas manqué. Pour être choqués, ils avaient été choqués. Pourtant, ils appréciaient Einar – il aurait difficilement pu en être autrement, c'était un garçon charmant, cultivé et qui présentait bien, qualités que les parents d'Erla chérissaient –, et ils avaient tout mis en œuvre pour tenter de le convaincre de rester à la capitale, encore quelque temps au moins. Histoire de se confronter à un autre cadre de vie. Mais Erla savait dès le début qu'il était intraitable sur la question, et d'ailleurs elle n'avait jamais tenté de le faire changer d'avis. Elle aussi voulait déménager à la campagne. Quelle ironie, avec le recul.

À présent, elle aimait autant qu'elle détestait ce lieu. Elle voulait partir mais ne pouvait pas abandonner Einar et Anna. Ils étaient si étroitement liés, si proches. Même avec la maison, elle avait tissé un lien indéfectible. Sans l'avoir véritablement voulu, elle s'était profondément enracinée dans cette terre. Certaines choses n'étaient pas faites pour changer, et peut-être ne parviendrait-elle jamais à la quitter. Elle avait depuis longtemps accepté son sort.

C'était chez eux, leur maison à tous les trois ; elle, Einar et Anna. Un fait indéniable.

Les paupières désormais closes, elle se sentait mieux. Elle était parvenue à maintenir l'obscurité à distance.

Putain d'hiver. Pourquoi fallait-il que la tempête s'abatte sur eux le soir du réveillon ? Anna était probablement coincée chez elle, toute seule. Avec un peu de chance, elle avait au moins de quoi se préparer un bon repas. Le mauvais temps pourrait durer plusieurs jours. Erla devait juste tenir bon, attendre que sa fille puisse enfin venir les voir. Elle préparerait son gigot d'agneau plus tard, il n'y avait pas d'urgence.

Avait-elle bien pensé à acheter le cadeau d'Anna ? Et à l'emballer ? Celui d'Einar était déjà sous le sapin. Un livre. Et elle savait qu'un bouquin l'attendait, elle aussi. Elle avait tellement hâte de l'avoir enfin entre les mains.

Si seulement elle avait un peu de lecture à cet instant, et de la lumière, bien sûr. C'était tout ce dont elle avait besoin. De quoi voyager, se laisser emporter, fût-ce temporairement, oublier la froide réalité pour rejoindre le monde rassurant de la littérature.

Demain, ce serait Noël. Elle aurait tout le temps

de se plonger dans un bon livre. Elle commencerait à feuilleter le sien dès ce soir, comme toujours. Une tradition à laquelle elle ne dérogeait jamais. La nuit de Noël avait quelque chose de magique, ces quelques heures où tous les miracles pouvaient arriver, où l'air s'imprégnait d'une certaine féerie. Oui, dans ces moments-là, même le fait d'être loin de toute civilisation avait quelque chose de plaisant.

Le froid devenait de plus en plus piquant. Il fallait qu'elle se déplace, qu'elle bouge et fasse circuler le sang dans ses veines. Mais elle ne se leva pas. Les paupières toujours closes, recroquevillée dans ce silence écrasant, elle concentra toute son énergie sur des pensées positives, de beaux souvenirs. Elle se replongea dans les premières années avec Einar. Au comble du bonheur en découvrant la ferme, elle avait songé : *C'est ici que je veux vivre jusqu'à la fin de mes jours.*

Les parents du jeune homme l'avaient accueillie à bras ouverts, la considérant immédiatement comme un membre de la famille. Elle se sentait si bien chez eux ! Pleine de bonne volonté, elle participait aux tâches domestiques, apprenait les rudiments du métier d'éleveur et savourait cette proximité avec la nature. Le premier hiver, elle avait ressenti un vague malaise qu'elle s'était aussitôt efforcée de réprimer. Elle avait appris à penser à autre chose, à s'appuyer sur Einar, qui connaissait la région, le temps, qui savait la consoler et la convaincre que tout s'arrangerait. Il s'était toujours bien occupé d'elle, pendant toutes ces années, toutes ces décennies. Elle ne pouvait pas le quitter.

Anna était née un an après. Leur but n'était pas de fonder une famille aussi vite, mais la naissance de la petite avait été une belle surprise malgré tout, et l'enfant suscitait l'admiration de tous à la ferme, parents comme grands-parents. Au début, Erla s'enthousiasmait à l'idée que ce petit bout de chou puisse un jour reprendre le flambeau à son tour. Ce n'est que plus tard qu'elle s'était mise à souhaiter un autre destin pour elle, désir qui ne s'était évidemment pas concrétisé.

Erla sentit la fatigue la gagner, mais elle ne devait pas s'endormir – pas ici, dans le noir et le froid. Elle ouvrit les yeux ; cela ne changeait pas grand-chose. Un autre type d'obscurité prenait le pas, bien plus palpable, bien pire. Elle se leva avec difficulté pour se dégourdir les jambes et se maintenir éveillée puis, précautionneusement, elle avança en longeant le mur, sans trop s'éloigner de la porte.

Elle attendait Einar. Ne savait pas vraiment pourquoi. Qu'est-ce qu'il fabriquait, à la fin ? Était-ce lui qui lui avait demandé de patienter ici ? Dans la cave ?

Et voilà, elle avait perdu la porte, ne sentait plus le mur derrière elle. Totalement désorientée dans l'espace et le temps, le souffle court, la poitrine comprimée par une panique insaisissable, elle resta immobile un instant, aveugle. Reprenant sa marche, elle se cogna soudain à quelque chose et ressentit une vive douleur à la tête. Passant la main sur son front, elle décela du sang qui s'écoulait de la blessure – ou du moins en eut l'impression. Nom de Dieu.

Elle s'assit par terre, referma les yeux. La tête lui tournait. Que faisait-elle ici, au juste ?

Où était Einar ?

Pourquoi n'était-il pas arrivé ?

Et où était Anna ?

Erla essaya de comprendre la situation. Devait-elle sortir chercher son mari ? Il était sans doute là-haut, dans le salon. Savait-il qu'elle l'attendait en bas ? Était-elle enfermée, peut-être ? Pouvait-elle ressortir si elle le voulait ? Elle n'en était pas sûre.

Autant rester assise et patienter. Garder les yeux clos. Se projeter ailleurs, loin d'ici.

C'était le réveillon de Noël, ça, elle en était certaine. Un réveillon qui ne s'était pas passé comme prévu, pour sûr. La panne d'électricité avait chamboulé tous leurs plans. Et maintenant, elle entendait de la musique. N'était-ce pas la messe ? Le chœur de l'église à la radio ? La mélodie parfaitement distincte de *Douce nuit, sainte nuit* résonnait partout autour d'elle.

Elle rouvrit les yeux et la musique se tut, les ténèbres reprirent le dessus, accompagnées d'un silence tonitruant. La tête lui tournait et elle ne voyait rien, elle perdait pied, perdait l'équilibre, étouffait dans l'atmosphère viciée du sous-sol.

Où diable est passé Einar ? se demanda-t-elle. Il ne tarderait plus, viendrait lui ouvrir, lui ferait regagner l'air libre.

Il n'y a rien à craindre.

Elle attendit un instant, peut-être une éternité, puis elle se leva. Peinant à respirer, elle songea qu'il était temps de sortir. Elle se mit à courir dans le noir, sans aucun repère, ralentit mais se cogna tout de même à quelque chose. Encore une fois. Perdue dans un labyrinthe carré.

Elle tâtonna à la recherche d'une issue. Une étagère, des outils, oui, donc la porte était exactement de l'autre côté. Il fallait qu'elle sorte, qu'elle prenne un bol d'air frais, quoi qu'il arrive. Elle continua d'avancer en longeant le mur, elle finirait bien par trouver.

La musique lui manquait. Elle ne comprenait pas comment elle avait pu entendre ce chant de Noël aussi distinctement, ne comprenait à vrai dire plus rien à rien, voulait juste sortir. Une si belle mélodie, probablement l'une de ses préférées depuis toujours. Elle s'immobilisa, ferma les paupières à nouveau, et le chant revint. Elle sourit, toujours aussi désorientée – la messe n'était-elle pas terminée depuis longtemps ? N'était-ce pas la nuit de Noël ?

Elle avait tellement hâte d'être le 25 décembre. Elle comptait bien se détendre, savourer ce jour férié assise à lire les livres empilés sous le sapin, encore emballés. Sans oublier le gigot, le soda au malt et les chocolats. Elle sourit de nouveau en pensant à tous ces délices qui l'attendaient. Une vague de sérénité la submergea, et elle reprit sa progression le long du mur, tout doucement. Elle n'était plus très loin du but.

Une voix d'homme se mit à crier :

– Vous êtes là-dedans ?

Aucun doute, elle n'avait pas rêvé. La question fut suivie d'un grand vacarme, quelqu'un tournait la poignée, voulait entrer, mais elle se rappelait avoir fermé à clé.

Einar. Enfin. Pourquoi donc la vouvoyait-il ?

Elle fit encore quelques pas, sentit la porte en bois sous ses doigts et tourna la clé.

27

Noël.

L'un des jours préférés de Hulda. Elle en profitait généralement pour lire les livres qu'elle avait reçus en cadeau, surtout depuis que Dimma avait grandi et était capable de s'occuper toute seule. Même Jón prenait souvent un congé pour l'occasion et se détendait devant la télévision ou en parcourant le journal.

C'était une journée sacrée, ils ne sortaient pas de la maison, évitaient de voir du monde. D'un autre côté, ils ne recevaient pas beaucoup d'invitations. Jón était fils unique, ses parents étaient âgés et il n'avait pas une famille nombreuse. Ils restaient tous les trois, seuls au monde, à s'occuper les uns des autres. Hulda aimait veiller sur sa petite tribu, c'était son rôle. Mais aujourd'hui, rien n'allait, rien n'était plus comme avant, et elle ne parvenait pas à comprendre pourquoi. Sa famille semblait se disloquer, comme si Dimma les éloignait, elle et Jón. Elle savait bien que rien n'était éternel, mais ce changement était trop brutal, aucune explication logique ne justifiait le comportement de l'adolescente.

Impatiente d'être au lendemain pour pouvoir contacter un psychologue, Hulda comptait presque les minutes. Il devait bien être possible de joindre quelqu'un en urgence, mais après sa conversation avec Jón, elle avait accepté de laisser passer Noël avant d'agir. D'ailleurs, elle était toujours un peu indécise ; cet appel à l'aide lui faisait l'effet d'une résignation, comme si elle baissait les bras et admettait que quelque chose était allé de travers dans l'éducation de sa fille.

Devoir travailler n'arrangeait pas son humeur. Il ne se passait jamais rien à la brigade criminelle le 25 décembre, mais il fallait bien que quelqu'un assure la garde, au cas où. Évidemment, elle n'arrivait à penser à rien d'autre qu'à Dimma. Cela faisait maintenant plus de vingt-quatre heures qu'elle ne l'avait pas vue. Elle n'était pas sortie de sa chambre pendant le réveillon, malgré leurs tentatives répétées. Jón lui avait apporté son repas après avoir essayé de la convaincre de les rejoindre à table, Hulda n'avait donc pas à s'inquiéter qu'elle meure de faim. Et puis, elle était capable de se débrouiller, rien ne l'empêchait de faire un saut à la cuisine et de grignoter quelque chose si le cœur lui en disait. Les adolescents avaient toujours faim.

Hulda n'avait pas l'habitude de repasser à la maison à midi, mais ce jour-là elle décida de faire une exception. De prendre une bonne pause pour le déjeuner, pariant sur le fait que rien n'arriverait au commissariat pendant ce temps – au pire, elle était toujours joignable par téléphone. Elle n'avait rien fait de la matinée, les lieux étaient déserts, quasi fantomatiques, c'était la journée la plus solitaire de l'année – après le réveillon lui-même, peut-être.

Elle n'oubliait pas qu'elle devait rappeler le couple de Gardabær, les parents de la jeune fille disparue, mais elle ne voulait pas les déranger avant midi un jour férié. Ils avaient probablement téléphoné pour savoir où en était l'enquête, comme toujours. Et malheureusement, elle n'avait rien de nouveau à leur annoncer, les chances qu'on retrouve leur enfant étaient de plus en plus minces. Peut-être avait-elle même orchestré sa propre disparition dans un désir de quitter ses parents pour de bon ? En voyage autour de l'Islande durant son année de césure, elle n'avait eu qu'un contact sporadique avec eux. Peut-être cette famille bien sous tous rapports dissimulait-elle quelque chose sous la surface lisse de son existence paisible. D'autre part, voyager seule n'était pas sans risque ; possible que la jeune fille se soit lancée dans une randonnée en montagne sans avoir alerté qui que ce soit. L'Islande pouvait se révéler cruelle et hostile, quelle que soit la saison. Hulda n'était pas sans le savoir, elle qui aimait tant parcourir les hautes terres et les déserts rocheux. C'était en pleine nature qu'elle s'épanouissait le plus.

Ouvrant le dossier de l'affaire pour la énième fois – elle avait bien le temps d'y jeter un coup d'œil –, elle observa la photo de la jeune fille, d'une grande beauté avec ses longs cheveux roux. Son regard perçant l'obsédait, elle se demandait parfois – tout en ayant conscience du ridicule de cette idée – si elle pouvait lire un indice dans ces yeux, dans ce visage impénétrable. Prendre une année sabbatique pour se trouver, loin de ses amis, de ses proches, et disparaître de la surface de la Terre…

Au même moment, elle pensa au regard de Dimma.

Qui semblait autrefois si lumineux, si innocent, avant que la tristesse ne vienne imprégner ses yeux bleus.

Hulda avait la plus grande difficulté à se concentrer, elle voulait rentrer à la maison, souffrait pour Dimma et ne comprenait pas comment Jón pouvait garder un tel calme face à cette situation. Elle s'était promis de ne pas l'appeler trop tôt, de le laisser faire la grasse matinée, mais il était presque onze heures à présent, il devait être réveillé. Véritable bourreau de travail, il ne s'accordait que rarement ce genre de luxe. Elle saisit le combiné, s'apprêta à composer le numéro avant de se raviser. Se levant, elle décida de prendre sa pause-déjeuner en avance.

Il faisait un froid glacial dehors, et l'atmosphère était plutôt automnale : pas de neige pour Noël. Ce qui n'était sans doute pas un mal, car la chaussée n'était pas souvent déblayée les jours fériés, et même si sa Skoda tenait bien la route, elle n'avait pas particulièrement envie d'escalader des congères avec. En temps normal, l'absence de neige mettait Hulda de mauvaise humeur, elle qui n'aimait que les Noëls blancs, mais cette fois son esprit était concentré sur autre chose : sa fille. Pas de joie, cette année, rien que de l'angoisse. Noël lui semblait juste une perte de temps, un obstacle sur son chemin. Hulda aurait préféré retrouver l'étreinte chaleureuse du quotidien pour rassembler l'énergie de remettre Dimma sur les rails.

Jour après jour, elle empruntait le même itinéraire depuis le commissariat de Kópavogur jusqu'à la péninsule d'Álftanes, mais cette fois, c'était comme si quelqu'un d'autre conduisait. S'approchant de la maison, le refuge de sa famille, elle songea qu'elle aurait dû rester chez elle. Qu'elle aurait dû prétendre être malade. Elle n'était pas en état de travailler. Elle se sentait submergée, et son agitation se mua bientôt en peur.

Elle se gara dans l'allée et se précipita vers la porte d'entrée, comme s'il y avait urgence. Le souffle haletant, elle voulait entrer tout de suite, retrouver Jón et Dimma. Et cette fois, fini de parlementer : l'adolescente allait devoir sortir de sa chambre et s'expliquer. Son comportement n'avait aucun sens. Le moment était venu pour Hulda de remettre son foyer sur pied. Elle sonna à la porte. Aucune réponse. Frappa. Aucune réponse. Entreprit alors de fouiller la poche profonde de son manteau à la recherche de son trousseau, qu'elle sembla mettre une éternité à retrouver. Les mains tremblantes, l'esprit confus, elle n'arrivait plus à identifier la bonne clé. Lorsqu'elle parvint enfin à ouvrir la porte, elle tomba presque nez à nez avec Jón qui se tenait au beau milieu du vestibule, les bras ballants.

– Excuse-moi, je m'étais endormi, c'est pour ça que j'ai mis autant de temps à venir t'ouvrir. Après ton départ ce matin, j'ai voulu me mettre au lit avec un bouquin. Et puis je me suis écroulé comme une masse. Je ne sais pas ce qui m'est arrivé, je n'ai pas l'habitude de dormir aussi longtemps, fit-il avec un sourire. Je dois être épuisé après cet hiver, entre le boulot et les problèmes avec Dimma.

– Il faut que tu fasses attention, Jón. Surtout avec ton cœur, tu te rappelles ce que le médecin a dit ? Tu as pensé à tes médicaments ?

– Bien entendu. Je ne prends pas de risques.

– Et... Et...

Elle essaya de trouver le courage de poser la question qui la tourmentait :

– Dimma est réveillée ? Elle est sortie de sa chambre ?

Jón secoua la tête.

– Non, elle dort toujours.

– Tu n'es pas allé la voir ?

Il hésita.

– Je voulais la laisser se reposer. C'est Noël. Et on ne peut pas dire que nos échanges se sont particulièrement bien passés hier soir. Elle a besoin de temps, la pauvre.

Hulda se précipita à l'intérieur, toujours en chaussures et manteau.

– Non ! Cette fois, ça suffit, Jón.

– Qu'est-ce que tu veux dire ?

– Ça va trop loin. On ne peut pas excuser un tel comportement jour après jour. Je ne vais pas supporter ça pendant toutes les vacances, à essayer de me convaincre que c'est juste une période difficile. Que les adolescents sont comme ça ! Dimma a beau être notre seule enfant, la seule adolescente que nous connaissions, bordel de merde, ne va pas me faire croire que c'est normal !

– Calme-toi, ma chérie. Nous allons régler ça ensemble.

Il lui barra le chemin et se dirigea d'un pas décidé vers la chambre de Dimma. Il frappa, d'abord poliment, doucement, puis plus fermement.

– On va voir, ma chérie, je vais lui parler. Je m'en occupe.

Puis il ajouta, comme s'il venait seulement de s'en rendre compte :

– Pourquoi tu n'es pas au travail ?

– Je ne peux pas travailler dans ces conditions, Jón.

Et *nous* allons nous en occuper ensemble. C'est notre responsabilité à tous les deux.

Aucune réponse dans la chambre.

Jón frappa de nouveau, avec plus d'intensité.

– Dimma ! s'exclama-t-il. Ouvre-nous ! Ta mère est rentrée.

– Dimma, ma chérie, glissa Hulda. Allez, ouvre, s'il te plaît. Je dois te parler. Il faut qu'on discute.

Toujours pas de réaction. Hulda songea à toutes les réponses que Dimma aurait pu lui jeter au visage : *Ça fait longtemps qu'on doit discuter. Pourquoi maintenant, maman ? Pourquoi pas avant ?*

Et le même malaise qu'un peu plus tôt s'empara d'elle, plus puissant que jamais. Cette fois, à n'en pas douter, elle avait peur.

Elle frappa à son tour.

– Ouvre, Dimma ! Ouvre immédiatement !

Elle tambourina avec force contre la vieille porte abîmée qui les séparait de leur fille. Elle s'attendait presque à ce que Jón essaie de l'arrêter, lui dise de se calmer, d'attendre, mais il demeurait en retrait. Peut-être se rendait-il enfin compte de la gravité de la situation.

– Ouvre ! hurla-t-elle en frappant si fort qu'elle en avait mal à la main.

Elle se demanda si Dimma n'avait pas fugué durant la nuit… mais pour aller où ? Et non, la porte était fermée de l'intérieur, et la fenêtre de sa chambre ne s'ouvrait pas suffisamment pour qu'elle puisse se glisser au travers. Elle était forcément là, mais pourquoi diable ne répondait-elle pas ?

Sans prendre le temps de réfléchir, Hulda se mit à donner de violents coups de pied dans la porte.

– Hulda, allons…

Jón posa doucement la main sur son épaule.

– Nous allons entrer dans la chambre de notre fille, voilà ce que nous allons faire, asséna-t-elle avec un nouveau coup de pied.

– Dimma ! Ouvre, s'il te plaît ! cria-t-il.

Il poussa Hulda et, l'épaule en avant, se jeta contre la porte de toutes ses forces. Prenant son élan, il répéta son geste. Cela ne suffit pas, mais le battant semblait bel et bien sur le point de céder.

À la troisième tentative, le bois craqua et la porte s'ouvrit enfin.

Avec Jón juste devant elle, Hulda ne distinguait pas l'intérieur de la pièce. Elle dut faire un pas de côté.

Elle fut alors frappée par une vision si cauchemardesque, si brutale que, en un instant, son corps se figea, et elle utilisa le peu de force qu'il lui restait pour hurler de toute son âme.

Seconde partie

Deux mois plus tard – février 1988

1

Les jours qui avaient suivi la découverte du corps sans vie de Dimma étaient noyés dans un brouillard opaque.

Hulda se rappelait l'instant où Jón avait défoncé la porte, mais après cela, une amnésie totale semblait l'avoir frappée. Le choc émotionnel avait été trop violent pour cette inspectrice pourtant robuste, témoin de tant de tragédies au fil des ans.

Depuis, elle avait l'impression de flotter. Ce qui ne l'avait pas empêchée de retracer le fil des événements, de comprendre ce qui s'était passé, de se rendre compte à quel point elle avait été aveugle. Elle était terrassée, sa culpabilité et sa haine à l'égard de Jón se relayaient, telles des déflagrations dans son esprit. Lorsque la léthargie se dissipait, elle ne supportait plus de rester chez elle, il fallait qu'elle sorte, qu'elle aille au travail, qu'elle fasse quelque chose qui muselle ses pensées, l'arrache même provisoirement à son enfer intérieur.

Hulda se trouvait à Egilsstadir, elle avait pris l'avion accompagnée de deux agents de la police scientifique chargés d'examiner la scène de crime en détail. Il faisait un temps encore plus désastreux qu'à Reykjavík. Un policier dans la cinquantaine du nom de Jens, qui se révéla être l'inspecteur local, les accueillit à l'aéroport à bord d'une grosse jeep de fonction. Hulda n'aurait pas été contre conduire elle-même – elle détestait être passagère –, mais elle n'osa pas le demander.

Le voyage ne fut pas de tout repos, entre la route à peine praticable, la visibilité presque nulle et la météo qui ne faisait que se dégrader à mesure qu'ils avançaient.

– Nous sommes bientôt arrivés, dit Jens. La route était plus ou moins bloquée depuis Noël. Ça faisait un bon moment qu'on n'avait plus de nouvelles du couple, Einar et Erla, et comme on n'arrivait pas à les joindre, j'ai décidé d'y aller moi-même, pour voir si tout allait bien. Et puis... bon...

Hulda avait vu les photos, les mots étaient superflus. Pendant presque tout le chemin, elle se demanda si elle était vraiment prête à affronter une telle affaire, et elle sentait que ses compagnons de voyage en doutaient eux aussi. Ils s'étaient fait des messes basses lors de la pause dans une station-service pour acheter un hot-dog et un Coca, et elle avait bien vu dans leurs regards qu'ils parlaient d'elle. C'était d'ailleurs parfaitement compréhensible.

Ils avaient pitié d'elle, songea-t-elle avec lassitude. Ils avaient décelé un point faible chez elle, et cela lui était insupportable. Bien sûr, rien de tout cela n'avait de réelle importance, comparé à ce qu'elle avait traversé à Noël, mais elle devait se ressaisir au plus vite, ne pas laisser ce traumatisme l'emporter pour de bon.

Et surtout, elle devrait le faire seule. Jón et elle

partageaient encore la maison, mais à ses yeux, il était mort.

Un silence de plomb régnait dans la voiture. Hulda ne pouvait s'empêcher de penser que c'était à cause d'elle. Que ses collègues ne savaient pas quelle attitude adopter en sa présence, après ce qui lui était arrivé. C'était gênant, et cela lui tapait sur les nerfs. Après tout, la décision de revenir au travail lui appartenait, à elle seule. Elle avait accepté cette enquête – erreur ou pas, cela ne regardait qu'elle – et elle ne supportait pas leur sollicitude excessive, même si l'intention était bonne. Elle ne supportait pas d'être traitée comme une victime.

À mi-distance de la ferme, la neige se mit à tomber avec intensité.

– Ça va aller, dit soudain l'inspecteur.

Corpulent, le cheveu épars et la voix grave, il devait avoir une dizaine d'années de plus que Hulda.

– On est habitués, ici. Ce ne sont pas deux ou trois flocons qui vont nous faire peur, vous auriez dû voir ce qui est tombé à Noël !

Les deux agents à l'arrière ne réagissant pas, Hulda se sentit obligée de répondre, de manière sans doute un peu trop abrupte :

– J'imagine.

Semblant interpréter ce commentaire comme un encouragement, l'inspecteur reprit :

– J'ai l'impression que tout ça, ce n'est qu'une effroyable tragédie familiale. Bien sûr, il ne faut jamais présumer de rien, mais je ne vois pas ce qui aurait pu arriver d'autre. J'ai appelé deux de mes meilleurs gars dès que j'ai retrouvé les corps, afin qu'ils montent la garde. Ils attendent là-bas. Ils ne doivent pas avoir chaud. J'espère au moins qu'ils se sont installés à l'intérieur.

Le moulin à paroles était désormais impossible à arrêter.

– Je ne comprends pas comment ils tenaient là-bas depuis tout ce temps. Je veux parler d'Erla et Einar. Bon, lui a grandi dans le coin, mais c'était la dernière ferme qu'il restait dans la région. Tous les autres éleveurs sont partis s'installer ailleurs, ils ont abandonné cette vie de chien il y a longtemps.

– Je vois, fit Hulda, espérant mettre fin à la conversation.

– C'est incroyable, l'obstination dont l'être humain est capable. Il me semble que la famille d'Einar a toujours été comme ça. Ne jamais baisser les bras, se battre contre les forces de la nature à la vie, à la mort.

Bref silence, puis :

– Excusez-moi, je ne voulais pas dire littéralement…

Hulda resta muette pour ne pas le relancer.

– Des fois, je me suis demandé si ce n'était pas une question de finances, vous voyez ? Peut-être qu'ils n'avaient pas les moyens de déménager. Leurs terres, tout ça, ça ne valait pas grand-chose, c'est tellement difficile de vivre par ici. Personne n'aurait envie de s'installer dans un coin pareil de nos jours, ce serait absurde. Sans parler de l'état de la maison, pour être très franc avec vous…

– On va voir ça, glissa Hulda d'une voix sèche.

– Une pure tragédie, le destin de cette famille…

Sentant sa patience diminuer, elle inspira profondément pour éviter de se montrer désagréable. Elle voulait se faire une opinion de l'affaire par elle-même, sans avoir à entendre les explications et les préjugés de l'inspecteur.

– On est encore loin ?

– Plus tellement, répondit-il à mi-voix, comprenant enfin que son interlocutrice ne souhaitait peut-être rien d'autre que le silence.

Au bout de quelques instants, Hulda se rendit toutefois compte que ce silence tant convoité était plus dangereux qu'elle ne le soupçonnait. Désormais, elle ne parvenait plus à penser à autre chose qu'à Dimma et à son suicide, à la découverte du corps, aux jours qui avaient suivi, à sa haine envers Jón, même si elle ne l'avait jamais accusé de rien, même si lui-même n'avait jamais rien admis...

Et ces sempiternelles questions qui l'assaillaient de toute part : *Pourquoi n'ai-je pas réagi plus tôt ? Pourquoi n'ai-je pas vu ce qui allait se passer ? Pourquoi n'ai-je pas été plus ferme ?*

Hulda l'inspectrice et Hulda la mère semblaient être deux femmes différentes ; la première cherchait sans cesse à s'affirmer, la seconde, plus posée, plus naïve, fuyait le conflit. Et cette lâcheté, cette putain de lâcheté qui lui avait coûté si cher.

– Bien, nous y voilà, fit l'inspecteur, essayant de mettre de l'enthousiasme dans sa voix.

Devant eux, un corps de ferme à l'ancienne peint en blanc, avec une extension en béton surmontée de combles percés d'une lucarne. Le toit rouge à la peinture écaillée avait connu des jours meilleurs. C'était une bâtisse retirée de tout, pas la moindre dépendance ou étable à l'horizon à première vue – elles devaient être cachées par le relief. Sur le chemin de terre, ils avaient croisé une vieille jeep verte en piteux état dont l'inspecteur lui avait dit qu'elle appartenait au couple.

Hulda avait beau aimer la vie au grand air, jamais elle n'aurait pu imaginer habiter un endroit pareil, surtout en plein cœur de l'hiver. La solitude et l'isolement étaient presque palpables. Le voisin le plus proche devait être à deux ou trois kilomètres – elle avait noté la présence d'une autre maison sur le chemin, plus récente et hospitalière, avec ses murs et son toit bleus.

Une voiture de police était garée au milieu de la cour et, lorsqu'ils s'approchèrent et que l'inspecteur ralentit son allure, un jeune agent apparut sur le perron et leur fit un signe amical de la main.

Hulda sortit la première du véhicule, se rendant soudain compte qu'elle avait grand besoin de retrouver l'air libre, malgré le froid. Elle n'avait pas bien supporté le voyage.

L'inspecteur Jens la suivit jusqu'à la maison, ne voulant visiblement rien manquer.

– Je vous accompagne, dit-il en passant devant son subordonné.

À l'intérieur, l'atmosphère était pesante, et Hulda reconnut immédiatement l'odeur de la mort, bien trop familière.

– Il est là-haut, indiqua Jens.

Ils pénétrèrent dans un modeste vestibule qui s'ouvrait sur le salon, où Hulda s'attarda un moment. Un sapin mort et quelques paquets cadeaux ornaient l'un des angles, laissant soupçonner que la tragédie avait frappé peu avant Noël.

Sur une petite table d'appoint étaient posés des livres dont la tranche arborait des étiquettes de bibliothèque et, à côté d'eux, une tasse de café à moitié pleine. Deux autres tasses, vides, avaient été oubliées sur la table basse. Hulda jeta un coup d'œil dans la petite cuisine, adjacente au salon. Des casseroles posées sur la gazinière, mais en dehors de cela, pas de désordre. Peut-être le ménage avait-il été fait pour Noël.

Elle retourna dans le salon, d'où elle gagna le couloir qui donnait sur quatre pièces et des marches menant au grenier.

– Nous allons devoir monter, dit l'inspecteur d'un air grave, comme s'il n'avait pas déjà précisé à Hulda que le corps se trouvait à l'étage – mais bien sûr, ce n'était pas l'unique cadavre.

Hulda le suivit dans l'escalier, s'efforçant d'ignorer la puanteur, d'ignorer le fait que, deux mois seulement après avoir retrouvé sa fille, elle allait à nouveau devoir faire face à la mort. Elle avait l'habitude, et cela ne lui avait jamais posé de difficulté avant aujourd'hui. Mais à présent, elle avait la sensation de se trouver au beau milieu d'un glacier, aveuglée par la neige étincelante, tandis que devant elle une immense fissure se rapprochait à toute vitesse, et soudain elle tombait, en chute libre…

Sous les combles, un couloir donnait sur trois portes, dont l'une était ouverte sur le corps d'une des victimes, un homme d'âge mûr qui gisait sur le dos, au beau milieu d'une flaque de sang séché. Aucune arme à proximité.

– C'est Einar, dit Jens après un long silence. Enfin, pardon… c'était Einar. Le propriétaire des lieux.

– Je vois. Je vais laisser mes collègues regarder ça de plus près, répondit Hulda, songeuse.

– On est d'accord pour dire qu'il s'agit d'un meurtre ?

Elle eut un instant l'impression que l'inspecteur l'espérait presque, qu'il voulait enfin avoir l'occasion d'enquêter sur un véritable crime. Elle éloigna cette pensée. Était-elle devenue si cynique avec l'âge ? Ou bien était-ce l'effet du choc qu'elle avait subi à Noël ?

– En tout cas, ce n'est pas un accident, fit-elle à voix basse.

– On redescend ?

Hulda demeura immobile un instant et observa la pièce, de grande taille malgré un plafond bas. Dans un coin, sous la lucarne, se trouvait un vieux lit, ainsi qu'une table de chevet surmontée d'une lampe. Sous la mansarde, des étagères avec des livres. Si l'on ignorait le cadavre, la chambre avait quelque chose d'accueillant. Une chambre d'amis typique, impersonnelle mais chaleureuse malgré tout.

Que pouvait bien faire le propriétaire de la maison dans cette pièce ?

– Allons-y. Ça me suffit pour le moment. Vous savez ce qu'il y a derrière les autres portes ?

Elle n'avait aucune envie de fouiller elle-même, préférant laisser le champ libre à ses collègues de la scientifique dans un premier temps. Inutile de prendre le risque de détruire des preuves.

– Je suis allé voir lorsque j'ai découvert le corps, bien sûr. Ce ne sont que des débarras, j'ai tout de suite refermé. En bas, il y a trois chambres et une salle de bains. Pareil, j'y ai juste jeté un coup d'œil pour m'assurer qu'il n'y avait personne d'autre dans la maison.

– Merci, on va aller voir ça tout à l'heure.

Elle lui emboîta le pas dans l'escalier.

– Il va falloir retourner dans le froid.

Ils ressortirent sur le perron. Bien emmitouflée dans un épais manteau, les mains gantées, Hulda enfila un bonnet qu'elle avait gardé dans sa poche.

– Ce n'est pas bien loin, dit l'inspecteur. Juste au coin, on va descendre pour rejoindre la cave.

– Ah ? Je n'avais pas compris ça...

– Je vous prie de m'excuser, les informations qui vous sont parvenues n'étaient peut-être pas très claires. L'autre corps se situe au sous-sol.

Hulda suivit l'inspecteur dans l'escalier abrupt et glissant. Une vieille ampoule nue éclairait la pièce sans fenêtre et, contre l'un des murs, gisait une femme d'une cinquantaine d'années.

– Erla, l'épouse.

Cette fois-ci, pas de sang, mais la scène n'en était que plus sinistre, d'une certaine manière. Quelque chose dans cet espace froid et vide donnait la chair de poule à Hulda.

– Nous ne savons évidemment pas ce qui s'est passé, dit l'inspecteur, mais des indices suggèrent que ce n'est pas une mort naturelle. Il est possible qu'elle ait reçu un coup à la tête ou qu'on l'ait étranglée. On le confirmera plus tard.

– Et à votre connaissance, ils n'étaient que deux ici ?

– En effet.

– Bon, allons respirer un peu, lâcha Hulda qui retenait son souffle depuis qu'ils étaient entrés.

– L'odeur, oui, fit l'inspecteur en mettant la main devant sa bouche.

– On finit par s'y faire, répliqua-t-elle tandis qu'ils ressortaient à l'air libre.

Elle essaya de ne pas penser à Dimma. Essaya de s'imaginer, rien qu'un instant, que Hulda l'inspectrice n'était pas la même femme que celle qui avait découvert le corps de sa fille à Noël. Il fallait qu'elle opère une séparation entre les deux pour pouvoir continuer à travailler, pour tenir.

Le décor était d'une grande beauté, un fin manteau de neige recouvrait tout et l'air était parfaitement immobile. Un contraste avec la violence qui s'était déchaînée à l'intérieur. Jens lui avait expliqué que les moutons avaient été retrouvés morts de faim dans la bergerie, scène guère plus réjouissante que dans le corps de ferme.

– Vous êtes certains qu'ils n'étaient pas trois ? demanda-t-elle.

– Trois ? Non, le couple vivait seul ici.

– Je veux dire... Ils ont peut-être reçu de la visite ?

– À cette période de l'année, ça me semble improbable. C'est presque inaccessible...

– Un invité pour Noël, peut-être ?

– Non, non, la route est impraticable au mois de décembre. Il faudrait marcher pendant des heures, rien n'est dégagé à proximité de la ferme.

– Mais à pied, ce ne serait pas impossible ? insista Hulda avec prudence.

– J'imagine que non. Mais je mettrais ma main à couper qu'ils étaient seuls. Ils recevaient parfois du monde pendant l'été, et peut-être au printemps et en automne aussi, ils avaient de quoi loger des gens, vous savez, un peu comme une auberge...

– Ah ?

– Des jeunes qui venaient travailler et recevaient le gîte en échange. De la main-d'œuvre bon marché, vous voyez ? Une idée un peu absurde, si vous voulez mon avis, mais bon, je suis vieux jeu.

– Je ne la trouve pas si mauvaise, rétorqua Hulda.

Elle ne craignait pas de tenir tête à cet inspecteur qui commençait à lui taper sur les nerfs. Mais peut-être que tout l'agaçait à présent, avec sa concentration vacillante et son esprit qui divaguait sans cesse.

– Qu'est-ce qui vous fait croire qu'ils auraient pu être trois ?

– Il y avait trois tasses dans le salon.

– Peut-être qu'ils ne prenaient pas la peine de faire la vaisselle à chaque fois qu'ils buvaient un café…

– On verra bien quand on aura relevé les empreintes. Ceci dit, tout était parfaitement en ordre dans la cuisine, ajouta-t-elle avec humeur. Et puis ça ne colle pas, il me semble… Qui a tué qui, s'ils n'étaient que deux ?

– Ah, oui, je vois où vous voulez en venir, acquiesça-t-il.

Il ne semblait pas s'être posé la question. Fronçant les sourcils, il soupira :

– Une sale affaire, vraiment, une sale affaire.

– Si Einar s'est attaqué à sa femme, alors qui l'a assassiné, lui ? Même question si c'est l'inverse.

– En effet.

– Bon, retournons à l'intérieur, fit Hulda, se dirigeant vers la maison sans attendre de réponse.

Lui emboîtant le pas, l'inspecteur demanda abruptement :

– Mais où est cette troisième personne, dans ce cas ? Et qui est-ce ?

Elle s'immobilisa, regarda par-dessus son épaule et répondit avec gravité :

– Oh, faites-moi confiance, on va le découvrir.

En réalité, elle n'était pas certaine que ses soupçons soient fondés, ni qu'elle puisse établir l'identité de ce mystérieux individu. Mais elle devait garder foi en son instinct. Comme chaque jour dans son travail, elle devait se convaincre qu'elle était meilleure que ses collègues masculins, et qu'elle avait toujours la situation en main.

Pénétrer de nouveau dans cette maison n'était pas une partie de plaisir. Il y régnait un silence de mort, au sens le plus littéral du terme, et même les objets les plus triviaux paraissaient lugubres. Ces trois tasses, par exemple. Et l'escalier menant aux combles. Hulda s'abstint de remonter, au prétexte de ne pas vouloir déranger les deux agents de la scientifique – en vérité, c'était surtout pour ne pas avoir à s'imposer une fois de plus l'effroyable vision de cet homme étendu par terre dans son sang.

Au rez-de-chaussée, le couloir donnait accès à quatre pièces, parmi lesquelles une salle de bains tout à fait ordinaire où rien ne l'interpella en dehors de sa décoration datée. Pas trace d'une éventuelle altercation. Suivait ce qui devait être la chambre des époux, meublée d'un lit spacieux aux draps encore défaits et flanqué de deux tables de chevet, chacune accueillant sa paire de lunettes de lecture. La troisième pièce semblait être une chambre d'amis, sobrement équipée d'un lit et d'une armoire, et imprégnée d'une puissante odeur de renfermé qui suggérait que personne n'y avait dormi depuis fort longtemps. Enfin, la dernière chambre paraissait elle aussi destinée aux invités, mais elle dégageait quelque chose de différent. En dehors de la commode ornée d'une collection de photos de famille, c'est avant tout le lit qui attira l'attention de Hulda. Contrairement à celui de la chambre précédente, il semblait avoir été fait à la va-vite.

Elle se retourna. Resté dans le couloir, l'inspecteur

n'avait visiblement pas voulu la déranger pendant qu'elle examinait les lieux.

– Notre troisième individu dormait ici, dit-elle, prise d'un soudain besoin de partager l'information avec lui, de prouver la validité de ses soupçons. La fenêtre est entrouverte, et le lit a servi, regardez. Vu le reste de la maison, je suis certaine que la chambre serait parfaitement en ordre si ce n'était pas le cas.

Il hocha la tête.

– Ça se tient, sauf si Erla et Einar faisaient chambre à part… Et il reste à savoir où est passé notre invité mystère…

– Bonne question.

Hulda ressortit, suivie de près par son collègue. Elle avait besoin de prendre l'air de nouveau, de se débarrasser de cette odeur de mort qui lui encombrait le nez, de se débarrasser des images de tous ces cadavres qui hantaient son esprit, le fermier, sa femme… Dimma…

2

Erla fit un bond en arrière en le voyant.

Un instant, elle eut la sensation que son cœur s'était arrêté de battre, qu'elle était morte, avant de revenir à elle et d'éprouver une crainte bien réelle pour sa vie. Son masque de bienséance tombé, l'homme affichait un visage dément.

Ce n'était pas son mari.

C'était cet intrus.

Et Einar ? Où était-il ?

Leó s'empara fermement d'elle sans rien dire, le regard brûlant de haine, mais aussi d'une curieuse forme de désespoir.

Le souvenir d'Einar lui revint alors avec force. L'image de son corps gisant dans une flaque de sang. Et la réalité la frappa de plein fouet. Il était mort. Parti pour toujours. Elle avait été tellement persuadée d'avoir halluciné, tellement persuadée qu'il était en vie. Qu'ils étaient seuls chez eux. Mais à présent, elle comprenait à quel point elle s'était trompée.

Sans la lâcher, Leó avança de quelques pas dans les ténèbres de la cave. Et elle se rappela qu'elle était justement venue ici pour se mettre à l'abri, se cacher de cet homme. Se rappela s'être dit que les pelles ou autres outils rangés au sous-sol pourraient lui être utiles, si jamais elle devait se défendre. L'idée lui semblait désormais si absurde.

À bout de forces, elle se sentait incapable de se protéger du funeste destin qui l'attendait.

3

Assise avec l'inspecteur dans sa jeep, Hulda essayait de se réchauffer tandis que ses collègues de la scientifique effectuaient prélèvements et relevés d'empreintes à l'intérieur de la maison.

– Je pense qu'il faut partir du principe que quelqu'un était bien avec eux, dit-elle avec patience – il lui fallait collaborer avec cet homme, les connaissances qu'il avait de sa circonscription pourraient se révéler utiles.

– Probablement, oui, répondit-il prudemment.

– À quelle distance habite le voisin le plus proche ? Est-ce que quelqu'un aurait pu leur rendre visite et... être à l'origine de ce qui s'est passé ?

– Un voisin ? fit l'inspecteur avec un sourire. Ils n'en avaient aucun.

– Comment ça ?

– Leurs voisins les plus proches, c'étaient tout simplement les habitants du village, parmi lesquels vous pouvez me compter. Toutes les fermes de la région sont abandonnées.

– Il s'agirait donc de quelqu'un venu du village ?

– Je vous le répète : je doute que quiconque ait pu faire le déplacement en plein cœur de l'hiver. Je ne vois pas pour quelle raison d'ailleurs, Erla et Einar étaient assez solitaires. Ils se suffisaient l'un à l'autre, en quelque sorte, vous voyez ?

– N'éliminons aucune piste, insista-t-elle avec sévérité, passablement agacée. Il y a une première à tout.

– Oui, bien sûr…

– Pour arriver jusqu'ici, on devrait pouvoir conduire sur… quoi, la moitié du chemin ?

– À peu près, oui. Le reste doit se faire à pied, et il faut s'armer de courage, car les tempêtes sont violentes.

Hulda repensa aux paquets cadeaux sous le sapin… La tragédie devait avoir frappé juste avant Noël.

– Comment était la météo, fin décembre ?

L'inspecteur n'eut même pas à réfléchir.

– Un vrai blizzard, comme tous les ans, soupira-t-il. L'électricité a sauté au village, ça a dû être la même chose chez eux. Elle n'est revenue que le 26.

– Et vous vous souvenez du moment précis où ça a coupé ?

Elle s'imagina les ténèbres, se demandant si la panne avait eu lieu après les meurtres, ou bien si elle avait joué un rôle dans le sort du couple.

– Oui, c'était le 23, à la Saint-Thorlak. Ça nous a sacrément embêtés pour les préparatifs du réveillon, et nous avons été privés des dédicaces de Noël à la radio. Le vieux Ásgrímur de la coopérative a dû ouvrir le soir même pour permettre aux gens d'acheter des piles, des allumettes, de quoi tenir. Je crois bien que son magasin a été dévalisé.

– Et la tempête elle-même ? Quand a-t-elle commencé ?

– Avant Noël, le temps a été plutôt maussade,

beaucoup de neige, mais ça restait vivable. Les vents violents se sont levés peu de temps avant la coupure de courant.

– Quelqu'un aurait pu aller à pied chez eux par un temps pareil ? Durant la tempête, je veux dire.

– Je ne vois pas comment, dit-il d'un ton sans appel. Impossible. Il ne s'en serait pas sorti vivant.

– Et ça a duré jusqu'au 26 ?

– À peu près, oui.

– L'invité a donc dû arriver le 23 au plus tard.

– Soit ça, soit bien après Noël...

– Non, ils étaient probablement déjà morts. Leurs cadeaux sont encore emballés sous le sapin.

– Ah, oui, maintenant que vous le dites..., concéda-t-il d'une voix peu assurée.

– Est-ce qu'on peut reprendre la route ? demanda-t-elle.

– Mais vos collègues sont encore en train de travailler.

– On repassera les chercher.

– Où voulez-vous aller ? interrogea Jens en amorçant son demi-tour.

– Là où un chauffeur aurait dû abandonner son véhicule en venant chez eux.

– Pas de problème. Mais je n'ai vu aucune voiture quand on est passés tout à l'heure.

– Nous n'en cherchions pas...

– Très juste, admit-il avant de rejoindre la route.

Ils restèrent muets un long moment. Hulda ne trouvait pas grand-chose à raconter, et le silence commença rapidement à se faire pesant. Chaque fois qu'elle se retrouvait seule avec ses pensées, le visage de Dimma lui apparaissait. Elle l'avait trahie. Ne s'en était rendu compte que trop tard. Et c'était aussi douloureux qu'un coup de poignard. Une migraine terrible lui enserra le crâne tandis que le prénom de sa fille résonnait dans sa tête toujours plus fort, jusqu'à ce qu'elle ne puisse plus le supporter.

– Vous… vous habitez dans la région depuis longtemps ? s'enquit-elle pour essayer de dissiper ses idées noires.

– Oh que oui, depuis toujours. On finit par prendre goût à la vie dans ce genre de petit village, ça devient même addictif ! Il ne faut pas croire qu'on s'ennuie, on se trouve des passe-temps…

Visiblement, il avait envie qu'elle l'interroge sur les passe-temps en question. Et après tout, pourquoi le priver de ce plaisir ?

– Quel genre de passe-temps ?

– La musique, bien sûr. Comme vous le savez.

– Comme je le sais ?

– Oui, vous voyez… ma chanson…

Elle n'avait aucune idée de ce dont il parlait.

– Oh, pardon…, reprit-il devant son silence, soudain gêné. Je croyais que vous étiez au courant. La plupart des gens la connaissent, en toute modestie.

Il évoqua alors un morceau de variété du début des années 1970 qui avait effectivement été très populaire, et dont Hulda se souvenait vaguement.

– C'est vous qui chantiez ça ?

– Oh, ce sont des bêtises de jeunesse. J'ai fait un tube, comme on dit, et puis plus rien, mais on me demande sans cesse de l'interpréter, lâcha-t-il dans un rire. Lors des soirées, mais aussi parfois à des occasions plus improbables. En général, je ne refuse pas, je sors ma guitare et je leur fredonne un petit air.

Jetant un rapide coup d'œil à l'inspecteur quinquagénaire et bedonnant, Hulda eut quelques difficultés à l'imaginer en pop-star. Et pour ne rien arranger, elle avait désormais sa chanson dans la tête.

– J'ai aussi un deal avec le restaurant du village. Enfin, restaurant n'est peut-être pas le bon mot, c'est plutôt une cafétéria pas trop mauvaise, là où les gens sortent s'ils ont envie de grignoter un morceau, un hamburger ou que sais-je... Bref, j'y chante parfois pour les clients, les soirs où il y a du monde. Ça me fait un repas gratuit. Vous devriez passer à l'occasion.

Le silence succéda à ces confessions de l'ex-chanteur de variétés. Hulda contempla l'environnement désolé par la vitre. La neige avait cessé de tomber, mais le paysage tout entier était enveloppé d'un beau manteau hivernal. Elle n'aurait jamais pu vivre ici, même si la région semblait idéale pour de grandes randonnées pédestres.

Cela faisait bien longtemps qu'elle n'était pas partie pour une longue marche en pleine nature. Peut-être était-ce la clé : se perdre en montagne, puiser dans les éléments l'énergie et le courage nécessaires pour affronter le quotidien, plutôt que de traîner ses guêtres à la maison ou de travailler comme une forcenée. Enfin, il était sans doute trop tard pour ce genre de réflexion, maintenant qu'elle s'était engagée à résoudre cette enquête.

Repensant aux explications données par l'inspecteur un peu plus tôt, elle demanda :

– Vous disiez que vous n'aviez pas pu les joindre par téléphone, et que c'est pour cette raison que vous aviez décidé d'aller leur rendre visite. Ça sonnait, lorsque vous avez appelé ?

– Non, il n'y avait pas de tonalité. Comme si l'appareil était en panne. J'ai oublié de m'en assurer une fois sur place.

– Vous pourrez demander à vos agents de le faire ?

– Bien sûr.

– C'est ici que la route est barrée en général.

L'inspecteur coupa le moteur, ils sortirent du véhicule et Hulda observa les alentours.

– Là, regardez ! s'exclama-t-elle en pointant du doigt. Une jeep.

La voiture se trouvait à bonne distance, clairement hors du chemin balisé.

– Pas croyable, vous avez raison. Je ne l'avais pas remarquée plus tôt. Le chauffeur a fait un détour étrange, mais… oui, dites donc… peut-être que…

– Peut-être que quoi ? s'impatienta Hulda.

– Je crois que je vois. J'ai souvent conduit par ici dans des conditions difficiles. En général, les congères obstruent la route, et la municipalité ne prend pas la peine de déblayer après ce point, mais un conducteur qui ne connaîtrait pas la région pourrait vouloir contourner par la gauche. Ça paraît plus facile, car le vent balaie la neige à cet endroit. Mais évidemment, c'est traître, il a vite dû s'embourber. Et pour se sortir de là, après…

D'un pas hâtif, ils rejoignirent le véhicule abandonné, une jeep blanche dont Hulda ne reconnut pas immédiatement la marque. L'inspecteur fut plus rapide :

– On dirait une Mitsubishi. J'en ai toujours voulu une comme ça.

Songeant que sa Skoda lui convenait très bien,

Hulda marqua soudain un temps d'arrêt et, se tournant vers l'inspecteur, constata qu'il avait compris la même chose qu'elle, au même instant.

– Nom de Dieu ! s'exclama-t-il. Non, impossible…

– Une Mitsubishi blanche, bordel de merde. Bordel de merde !

Il fallait qu'ils fassent vérifier la plaque d'immatriculation, mais il ne pouvait pas s'agir d'une coïncidence.

– Bordel ! répéta Hulda. Je m'attendais à tout sauf à ça.

4

Le jour de Noël, Hulda n'avait pas téléphoné aux parents de la jeune fille disparue, pour des raisons évidentes. Elle n'avait pas osé les déranger durant la matinée, et lorsqu'elle était rentrée chez elle à midi, elle avait découvert l'horreur et sa vie avait pris fin.

Après cette tragédie, la tâche de rappeler les parents d'Unnur était revenue à quelqu'un d'autre – ou peut-être était-elle purement et simplement tombée aux oubliettes. Plus tard, lorsqu'elle s'était remise sans conviction à suivre l'actualité, Hulda avait deviné pourquoi ils avaient cherché à la joindre au poste de police. Juste avant Noël, le père d'Unnur s'était volatilisé au volant de sa jeep sans un au revoir à sa femme. Si Hulda avait bien d'autres préoccupations durant ces douloureuses semaines, elle n'avait pas pu s'empêcher de prêter une oreille attentive aux médias qui relataient l'affaire – après tout, elle s'était beaucoup investie dans cette enquête. Soudaine et inexpliquée, la disparition de l'homme avait fait couler beaucoup d'encre. Hulda avait tiré ses propres conclusions, sans doute les mêmes que celles de ses collègues : la seule explication logique était que le père avait tué sa fille et, ne supportant plus le poids de la culpabilité, s'était suicidé. Si les médias ne l'avaient jamais formulé ainsi, ils avaient peu à peu cessé de spéculer, comme si tous étaient d'accord pour dire qu'il s'agissait d'un drame familial privé, et que les détails ne regardaient personne.

Les recherches de la police n'avaient rien donné, l'homme semblait, comme sa fille, s'être évaporé. *Il s'est sans doute jeté dans l'océan avec sa voiture*, s'était dit Hulda à l'époque, mais ne venant plus au travail, elle n'avait pas accès au dossier de l'enquête. Toujours est-il qu'il demeurait introuvable.

Jusqu'à maintenant.

La jeep au volant de laquelle il était parti était une Mitsubishi blanche. Hulda et l'inspecteur restèrent figés devant la voiture.

– C'est forcément la sienne, non ? lâcha Hulda.

– Très certainement. On m'avait demandé de garder un œil sur les bagnoles de ce modèle après Noël, comme à tous les flics du pays, j'imagine. Je me rappelle avoir fait plusieurs rondes dans le village sans rien trouver, et en même temps je voyais mal ce type débarquer ici. Qu'est-ce qu'il pouvait bien faire dans le coin ?

– C'est à voir, mais il n'est pas impossible que…

L'inspecteur l'interrompit :

– Ça doit avoir un rapport avec sa fille, non ?

Hulda ne réagit pas, les yeux toujours fixés sur la voiture.

– Sans doute, oui, répondit-elle simplement.

– Mais sa disparition a eu lieu très loin d'ici…

– La dernière trace que nous avons d'elle était du côté de Selfoss, dans le Sud-Ouest. En effet, ce n'est pas tout près… Je ne comprends pas bien.

– Moi non plus... Je vais sans doute me prendre un blâme pour ne pas avoir... ne pas avoir suffisamment bien exploré la zone au moment des faits, enchaîna l'inspecteur pour lui-même.

Elle n'avait pas l'énergie de le rassurer, son esprit tout entier était à l'enquête. Ou aux enquêtes ? Ne venait-elle pas de mettre enfin la main sur un véritable indice concernant la disparition d'Unnur ?

Elle jeta un coup d'œil dans l'habitacle, prenant toutefois garde de ne rien toucher. Personne à l'intérieur. Et, au premier regard, pas d'indice qui puisse expliquer la présence de la voiture.

– Vous croyez qu'il est allé chez Einar et Erla à Noël ? demanda l'inspecteur après un bref silence.

Hulda réfléchit.

– On dirait bien. Je ne vois pas d'autre raison de s'aventurer dans ce coin, non ? Ce que je comprends moins, c'est sa motivation...

– Tout ce dont on peut être sûr, c'est qu'il a fini la route à pied. Ça fait une sacrée trotte, mais par temps clair, il est assez facile de se repérer.

– Même quand on ne connaît pas la région ?

– Je pense, oui.

– Et en même temps, on doit facilement se perdre en plein blizzard ?

– Probable. Il y a peu de points de repère en dehors de la route. On racontait autrefois beaucoup d'histoires de disparitions dans ces terres, et des légendes sur des fantômes ou je ne sais quelles autres créatures. Tout ce que je peux vous dire, c'est que je n'aimerais pas traîner par ici à pied si on annonçait une tempête.

Hulda retourna vers la voiture de police, suivie de

près par l'inspecteur. Elle s'assit et, lorsque son collègue eut pris place derrière le volant, poursuivit sa réflexion à voix haute :

– Cet homme doit bien se trouver quelque part… en partant du principe que c'est son véhicule. Il n'est visiblement pas au village. Vous auriez remarqué sa présence, non ?

– Ça ne fait aucun doute. Vous croyez que ça pourrait être notre assassin ?

Hulda garda le silence quelques instants. C'était sa thèse privilégiée, mais elle n'osait pas se montrer aussi affirmative. Elle avait rencontré cet homme plusieurs fois au cours de l'enquête sur la disparition d'Unnur, l'avait plutôt apprécié. Un avocat qui avait toujours fait preuve de courtoisie et de retenue malgré l'inquiétude qui devait le ronger. Et pourtant… quelque chose dans son attitude l'avait constamment mise un peu mal à l'aise. Qui sait de quoi il était capable dans des circonstances extrêmes ? De tuer sa fille ? Ce couple perdu au milieu de nulle part ? Non, c'était absurde…

– En tout cas, on ne peut pas l'exclure, dit-elle.

– Il est peut-être…, commença Jens, l'air pensif, hésitant tandis que Hulda s'impatientait. Il loge peut-être dans l'autre maison.

– Celle que nous avons croisée tout à l'heure ?

– Oui, elle est inhabitée.

– Et quoi… il aurait laissé sa voiture ici, après tout ce temps ?

– Je ne sais pas… Je ne suis sûr de rien.

Hulda n'était pas convaincue, mais ce n'était sans doute pas une mauvaise idée d'aller fouiller les lieux.

– À moins qu'il soit mort là-bas, nota-t-elle.

– On y va ? proposa l'inspecteur d'un ton peu assuré, et Hulda se réjouit de constater que, visiblement, c'était elle qui dirigeait les opérations.

– Faisons ça, répondit-elle alors avec autorité.

5

La peinture bleue qui recouvrait la maison et le toit s'écaillait. Le jardin ne semblait pas avoir été entretenu depuis une éternité. À leur surprise, la porte n'était pas verrouillée et ils parvinrent à entrer sans problème. Laissé à l'abandon, l'intérieur était toutefois toujours meublé – fauteuil et canapé dans le salon, une table et même de la vaisselle dans la cuisine –, comme si la personne qui était partie avait eu l'intention de revenir rapidement.

– Il y a un sous-sol, si je me souviens bien, indiqua Jens. Je vais y jeter un coup d'œil, mais je n'ai pas l'impression que notre homme ait mis les pieds ici.

Hulda hocha la tête et l'inspecteur disparut.

Dans cette atmosphère étrange, on percevait les traces silencieuses du passé, d'une existence vécue entre ces murs, à la fois proche et si lointaine. Une épaisse couche de poussière recouvrait tout le mobilier. Elle alla inspecter les autres pièces, à peu près dans le même état. Un lit à une place meublait l'une des chambres, mais pas le moindre effet personnel en vue. Peut-être s'agissait-il d'une maison de vacances louée à des touristes. Hulda retourna dans la cuisine et ouvrit le réfrigérateur : il était vide, et éteint. Pour vérifier que l'électricité fonctionnait, elle appuya sur l'interrupteur à côté de la porte et le plafonnier s'alluma. Les radiateurs émettaient même un peu de chaleur, comme si quelqu'un les avait laissés en marche pour prévenir la moisissure tant que la maison était inhabitée. Ces lieux avaient une histoire, sans doute intéressante, mais Hulda devrait attendre pour satisfaire sa curiosité. Pour le moment, l'essentiel était de découvrir ce qui était arrivé au couple de la ferme voisine, et aussi ce qu'il était advenu du père d'Unnur, l'avocat Haukur Leó, qui se faisait généralement appeler par son deuxième prénom.

Sur le chemin, Jens avait contacté ses agents par radio afin qu'ils vérifient le numéro d'immatriculation de la jeep, et ils avaient rapidement confirmé que c'était bien la sienne. Dans un revirement inattendu, voilà que les deux plus grosses enquêtes dont Hulda avait eu la responsabilité ces derniers mois étaient liées. Restait à découvrir de quelle manière.

– La porte de la cave était fermée à clé, je me suis permis de la forcer. Ce n'était pas très difficile. Je la ferai réparer.

– Vous avez trouvé quelque chose ?

– Rien du tout, répondit-il en secouant la tête. Où est-ce que cet homme peut bien se cacher ?

– Il faut qu'on relance un avis de recherche, affirma Hulda.

Le temps n'était pas en leur faveur. La piste avait refroidi depuis longtemps, et raviver les maigres braises encore chaudes qui pourraient les guider s'annonçait difficile. La priorité était de retrouver Unnur. S'il demeurait un espoir, même ténu, qu'elle soit encore vivante, il fallait la sauver.

6

Unnur n'avait pas pu aller plus loin que Kirkjubæjarklaustur.

C'était le propre de son voyage : l'incertitude, l'aventure. Mais elle ne comptait pas s'éterniser dans ce petit village. Elle était en quête d'une autre expérience, d'autarcie complète, de nature indomptable, loin de la civilisation. En attendant, elle faisait une pause dans une station-service.

Le conducteur de la BMW qui l'avait prise en stop, un touriste, avait prévu de s'arrêter ici. Sympathique et prolixe, cet employé de bureau quadragénaire était venu d'Allemagne pour réaliser son vieux rêve : visiter l'Islande. Ils avaient bavardé tout au long de la route, et Unnur s'était estimée chanceuse de pouvoir faire connaissance avec des gens d'horizons si divers. Sur ce point, son expédition était pour le moment loin de la décevoir.

Où aller à présent ?

Elle prendrait le bus, mais ne savait pas encore pour quelle destination. Elle avait seulement décidé de voyager vers l'est, à l'opposé de la capitale. L'inverse lui aurait donné l'impression de revenir en arrière, de baisser les bras. Elle devait poursuivre son chemin vers l'inconnu.

Dans l'ambiance tranquille de la station-service presque déserte, Unnur s'était accordé le luxe d'un café et d'un sandwich. Tous les deux étaient pour le moins insipides, mais le café avait le mérite d'être chaud, et le sandwich de ne pas être périmé. Elle devrait s'en contenter.

La table d'à côté était parsemée d'un monticule de prospectus, parmi lesquels elle aperçut le journal de la veille. Elle commença à le feuilleter, avant d'abandonner rapidement, déprimée à l'idée de lire les mêmes sempiternelles nouvelles. Ces derniers temps, elle s'était efforcée de ne pas consulter la presse, de ne pas suivre ce qui se passait dans le monde.

Reposant le journal, elle consulta les dépliants publicitaires d'un air absent. La plupart étaient en islandais, en couleurs ou en noir et blanc, des fascicules à destination des voyageurs souhaitant découvrir leur propre pays. Tout en bas de la pile se cachait une annonce photocopiée qui attira sa curiosité, sans doute parce que, réalisée à la main, elle avait quelque chose de joliment archaïque. Une ferme cherchait de la main-d'œuvre en échange du gîte.

Enfant, elle avait passé deux étés à la campagne, et jamais l'idée de renouveler cette expérience à l'âge adulte ne lui avait traversé l'esprit. Du moins pas avant cet instant. Mais l'occasion était trop tentante, une véritable immersion dans une vie à l'opposé de tout ce qu'elle avait connu jusqu'ici.

L'annonce comportait un itinéraire détaillé jusqu'à la ferme : il fallait prendre le bus vers le village le plus proche, et poursuivre à pied assez loin à l'intérieur des terres. Cela représentait une longue marche, mais il était possible de s'organiser avec les propriétaires pour que quelqu'un vienne la chercher. Elle privilégia immédiatement la marche. Un rêve d'aventure devenu réalité.

Un numéro de téléphone figurait en bas de la feuille. Pour ne pas parcourir tout ce chemin sans être sûre que la place était encore vacante, elle décida d'appeler. Abandonnant son café et son sandwich sans craindre qu'on les lui vole, elle rejoignit le comptoir d'accueil de la station-service, l'annonce à la main.

– Excusez-moi, dit-elle au jeune caissier qui travaillait ce soir-là.

– Hmm ?

– Pardon de vous déranger, je peux utiliser votre téléphone ?

Le gamin roula des yeux.

– Il y a un téléphone à pièces, fit-il en pointant du doigt vers sa gauche. Là, derrière ce mur.

Unnur tira un billet de cent couronnes de sa poche.

– Vous pouvez m'échanger ça contre de la monnaie ?

Le caissier hésita avant de prendre le billet, d'ouvrir la caisse et de lui donner dix pièces de dix couronnes.

Unnur trouva le téléphone et composa le numéro.

7

Ils étaient tous les deux assis dans le bureau de l'inspecteur, au commissariat de petite taille et à l'atmosphère plutôt conviviale. Des photos de famille étaient disposées sur une étagère et le bureau parfaitement rangé contrastait nettement avec celui de Hulda, constamment recouvert d'une montagne de papiers. Peut-être cela s'expliquait-il par le peu d'enquêtes complexes qui touchaient la région. Ou peut-être que Jens était simplement plus organisé qu'elle.

Il était ici chez lui, confortablement installé sur son fauteuil, et Hulda sentait bien qu'elle était l'invitée, l'intruse.

Les médias s'étant emparés de l'affaire, la pression devenait plus forte. Un journaliste de la radio avait contacté la police locale, et c'était Jens qui avait répondu, sans transmettre l'appel à Hulda. Elle avait entendu une partie de leur conversation et n'avait pas réagi assez vite pour l'interrompre. Personnellement, elle n'aurait pas fait de commentaire, mais visiblement Jens aimait se retrouver sous les projecteurs et, savourant ses cinq minutes de gloire, il avait partagé des informations qu'elle-même jugeait trop sensibles à ce stade. Le journal du soir était terminé, mais nul doute que le sujet serait évoqué dans le flash de vingt-deux heures. Hulda espérait juste que les quotidiens de la presse papier avaient déjà bouclé leur édition du lendemain et n'en parleraient pas. Elle préférait travailler en paix. Au moins, Jens n'avait pas évoqué les soupçons de meurtre, confirmant juste que deux corps avaient été trouvés dans la ferme. Un fait divers croustillant, mais les journalistes islandais se montraient généralement respectueux dans ce genre d'affaires. Et heureusement, les liens avec la disparition de Haukur Leó et de sa fille Unnur n'avaient pas encore été rendus publics.

Le chef des équipes de secours locales était en chemin pour une réunion.

Distinguant du bruit dans le couloir, Hulda se retourna et aperçut un homme mince avec des lunettes dans le cadre de la porte. D'une dizaine d'années son cadet, il devait avoir la trentaine.

– Bonjour. Je m'appelle Hjörleifur, c'est moi qui supervise les opérations de secours dans la région.

– Enchantée. Hulda, de la brigade criminelle. Merci d'être venu, nous devons lancer des recherches.

– J'ai cru comprendre, répondit l'homme, toujours debout – il n'y avait pas d'autre siège dans le minuscule bureau. Jens m'a tout expliqué. Il s'agit de l'homme disparu à Noël, c'est bien ça ?

– Tout à fait, confirma l'inspecteur avec gravité.

– Je vais mettre mes équipes sur le coup.

Le regard de Hjörleifur passa de Jens à Hulda.

– Quand pourrez-vous commencer ? demanda-t-elle. Il vous faut du temps pour réunir vos hommes ?

– Du temps ? Pas tant que ça, mais la tempête

de neige et l'obscurité risquent de compromettre les opérations pour le moment... Si l'homme est toujours dans les environs, ça veut dire que son corps gît quelque part depuis Noël, ce ne sont pas une journée ou deux qui vont y changer quoi que ce soit.

Se levant de sa chaise, Hulda lança un regard sévère à Hjörleifur et s'exclama avec autorité :

– Bien sûr que si, ça peut tout changer ! Nous sommes à la recherche d'une jeune femme disparue à l'automne dernier, nous n'avons aucune idée d'où elle est passée, et nous avons enfin une piste. S'il y a la moindre chance qu'elle soit encore en vie...

Surpris par l'intensité de son ton, Hjörleifur hocha finalement la tête et répondit :

– Bon, je vais contacter mes équipes. Mais vous ne vous attendez tout de même pas à ce que ce type soit vivant ?

– Ça me surprendrait, avoua Hulda d'une voix égale en se rasseyant. Vous pouvez commencer sans tarder ?

– Pas en pleine nuit, mais dès que le jour se lèvera..., marmonna Hjörleifur, la tête baissée. Par contre, si le temps se gâte sérieusement, nous ferons demi-tour. Je refuse de mettre la vie de mes hommes en danger.

– C'est tout à fait compréhensible, acquiesça Jens.

Hulda peinait à déterminer s'il était de son côté ou de celui de Hjörleifur. Peut-être se montrait-elle trop exigeante en faisant rechercher un corps en pleine nature alors qu'une tempête de neige s'annonçait ? Mais la disparition de cette jeune fille la touchait de si près, elle avait besoin de faire tout ce qui était en son pouvoir, même si elle était loin d'être optimiste.

– Je ferais mieux d'y aller, nous n'avons pas de temps à perdre, conclut Hjörleifur avant de les saluer, sans cacher le brin d'ironie dans sa voix.

– Et pour nous, il est temps de retourner à la ferme, reprit Hulda à l'intention de Jens.

Elle ne supportait pas l'idée d'attendre là sans rien faire.

– Vous êtes sûre ? Vous voulez risquer de reprendre la route en pleine nuit ? hésita Jens, qui ne semblait pas enthousiasmé par cette perspective.

– Absolument certaine. On a encore du boulot sur place.

La ferme était plus difficile d'accès, la neige avait redoublé depuis leur dernière visite. Hulda partageait la souffrance des secouristes qui allaient devoir passer la zone au peigne fin à la recherche du père disparu.

Les deux agents de la scientifique étaient en train de ranger leur matériel lorsqu'ils arrivèrent sur les lieux. Ils avaient procédé à des prélèvements, pris des photos, et estimaient avoir suffisamment d'indices à examiner entre les mains. Un élément en particulier avait attiré leur attention : quelqu'un avait sectionné le fil du téléphone, une coupure nette et discrète.

– Malgré les efforts du coupable pour le dissimuler, il n'y a pas besoin d'être un expert pour le remarquer, expliqua l'un des deux agents lorsque Hulda demanda plus de détails.

Les empreintes sur les trois tasses avaient également été analysées et elles appartenaient bel et bien à trois personnes distinctes.

Ils se donnèrent rendez-vous à minuit dans la cour pour repartir au village. Les ambulanciers avaient emporté les deux corps, et les recherches des secouristes devaient se déployer depuis la ferme dès le lendemain matin.

– Vous ne voyez pas d'inconvénient à ce que j'aille à l'intérieur regarder tout ça d'un peu plus près ? demanda Hulda à son collègue de Reykjavík.

Il secoua la tête.

Elle pénétra à nouveau dans cet étrange décor, un salon chaleureux dans une maison que plus personne n'habitait, et où Noël semblait resté en suspens, deux mois après la fête. Comme à la frontière entre la vie et la mort, les traces omniprésentes du quotidien de ce couple formaient un contraste saisissant avec l'odeur de cadavre qui flottait dans l'air, rappel constant de la présence de la Faucheuse. Hulda essaya de visualiser la scène : Einar et Erla prenant le café avec Haukur Leó. Était-ce vraiment un parfait inconnu ? Que leur voulait-il au beau milieu de l'hiver ?

Un peu plus tôt, au commissariat, Hulda avait songé à appeler son épouse pour lui annoncer que la jeep avait été retrouvée. Elle aurait d'ailleurs sans doute dû le faire, et l'interroger au passage sur les liens éventuels qu'il entretenait avec ce couple. Mais elle avait hésité, préférant attendre d'avoir avancé dans son investigation pour pouvoir dire à cette pauvre femme si son mari était encore vivant – et pourquoi pas, lui fournir quelques informations supplémentaires sur ce qu'il était advenu de sa fille.

Elle s'en occuperait le lendemain matin, à moins que l'affaire prenne un tournant inattendu dans la soirée.

Elle passa devant l'escalier qui menait aux combles mais ne monta pas. La scène lui avait trop rappelé la découverte du corps de Dimma pour qu'elle se sente le courage de l'affronter à nouveau.

Dans un premier temps, elle se dirigea plutôt vers la chambre du couple. Jens avait suggéré qu'ils aient pu dormir séparément, ce qui expliquerait les deux lits utilisés. Mais au vu des empreintes relevées sur les tasses, il était désormais clair que Haukur Leó avait logé chez eux. On pouvait ajouter à cela les deux paires de lunettes de lecture que Hulda avait remarquées lors de sa première visite, et qui suggéraient que le couple partageait bien le même lit. Sur l'une des tables de chevet, elle vit en outre un verre d'eau à moitié vide, ainsi que le roman *Salka Valka* de Halldór Laxness, avec un marque-page placé au début du livre.

En dehors de cela, la pièce lui paraissait plutôt froide et impersonnelle. Ne sachant d'abord pas exactement ce qui lui procurait cette sensation, elle repensa soudain aux photographies sur la commode de la chambre d'amis. Ici, pas un portrait de famille. Peut-être était-ce l'explication.

Hulda gagna la chambre où Haukur Leó avait vraisemblablement logé. Les photos étaient toujours là, à leur place. Elle ne s'était pas attardée dessus plus tôt, et cette fois elle les observa de plus près. Située au milieu, l'une d'entre elles attira rapidement son attention. Erla et Einar, entre trente et quarante ans, la mine joyeuse et pleine de vie, y étaient immortalisés avec une jolie fillette rousse qui… oui, n'était pas sans lui rappeler Unnur, la jeune femme disparue. Étrange. Peut-être cette impression était-elle due à la superposition des deux enquêtes, mais le fait est qu'elles se ressemblaient, et pas seulement à cause de leur chevelure flamboyante.

Qui pouvait bien être cette enfant sur la photo ? Leur pose suggérait qu'il s'agissait de leur fille : ils l'entouraient tous deux de leurs bras, semblaient former une famille.

Où était cette fillette aujourd'hui ?

Pourquoi personne ne l'avait mentionnée ?

Jens était resté dehors, sous la neige.

– Je peux vous dire un mot ? demanda Hulda.

Il ne sembla pas l'entendre. Se rapprochant, elle lui tapota l'épaule et il sursauta.

– J'avais une question à vous poser.

– Pardon, je ne vous avais pas vue. On va peut-être se mettre à l'intérieur ?

Elle hocha la tête et ils retournèrent s'abriter dans le vestibule.

– Je regardais des photos de famille, dans la chambre d'amis. Sur l'une d'entre elles, le couple est avec une enfant. Ils ont une fille ?

– Oui, répondit l'inspecteur d'un air soudain sombre. Anna.

– Où est-elle ?

Il garda le silence un instant.

– Elle habitait dans la ferme d'à côté, la maison que nous avons fouillée.

– Elle habitait ? Et maintenant ?

Hulda se remémora cette vieille maison, ce décor que quelqu'un semblait avoir abandonné dans l'urgence.

– Elle est morte, répondit Jens d'un ton lourd.

– Morte ? Mais… elle a dû mourir très jeune, fit Hulda en essayant de se concentrer, de ne pas penser à Dimma, tandis que sa voix commençait déjà à se briser.

– Très jeune, oui. La vingtaine à peine, si je me

souviens bien. Elle venait de revenir chez ses parents après le lycée. Enfin, pas tout à fait chez ses parents, elle avait emménagé dans la ferme d'à côté, comme je vous l'ai dit. Ça a surpris pas mal de monde. On croyait qu'elle partirait vivre à la capitale, qu'elle ferait autre chose. Mais la campagne, c'était toute sa vie, elle avait ça dans le sang, je me rappelle l'avoir croisée peu après son retour, et elle rayonnait.

Submergée par l'image de Dimma, les larmes aux yeux, Hulda se demanda si elle aurait la force de poursuivre cette conversation. Malgré tout, elle reprit :

– Et… que lui est-il arrivé ?

Aussi douloureuse soit-elle, il fallait qu'elle connaisse la réponse à cette question.

8

Jamais Unnur n'avait éprouvé un tel sentiment ; elle était libre comme l'oiseau, n'avait aucun compte à rendre. Tout ce qu'elle possédait tenait dans son sac à dos, tout ce qui lui importait en tout cas, son projet de roman avançait bien et personne ne savait où elle se trouvait. Elle n'avait pas encore pris la peine d'informer ses parents de sa prochaine destination, rien ne pressait. Elle voulait s'isoler un peu d'eux, comme du reste du monde. Elle les aimait évidemment beaucoup, mais c'était son année à elle, et elle comptait bien se débrouiller seule.

Suivant les instructions précises que la femme lui avait données au téléphone, elle avait pris le bus, puis continué à pied depuis le village où elle était descendue. Il faisait beau, et même si la marche était exigeante, elle nourrissait autant son âme que son corps. Unnur avait emporté de quoi manger et elle faisait des pauses régulières pour refaire le plein d'énergie.

Au bout d'un moment, elle commença toutefois à trouver le temps long. Elle aperçut une maison un peu plus loin, mais elle ne correspondait pas à la description de la femme. Elle poursuivit donc son chemin, un peu fatiguée, et après deux ou trois kilomètres supplémentaires, la ferme apparut soudainement derrière un virage. Une maison blanche avec un toit rouge dans un décor sauvage qui donna à Unnur l'impression d'être arrivée aux confins du monde. Une sensation exaltante.

Ce calme, cette sérénité... Elle pourrait travailler le jour et écrire le soir, sans être dérangée. L'espace d'un instant, elle se demanda si on captait la télévision ici. Elle espérait que non.

Deux ou trois semaines, oui, ce serait très bien. C'était ce qu'elle avait conclu avec la propriétaire des lieux, une dénommée Erla.

Sur le pas de la porte, Unnur fut prise d'une courte hésitation, songeant que c'était sa dernière chance de faire demi-tour. Mais pour quelle raison ? Secouant la tête, elle frappa et patienta.

Une femme d'une cinquantaine d'années lui ouvrit. Elle la regarda longuement, pensive, comme pour l'évaluer, puis elle lui dit :

– Bienvenue. C'est moi, Erla. Entrez, je vous en prie.

Unnur la suivit dans un salon où, sur la table basse, une tasse de café était posée à côté d'un livre ouvert.

– Votre chambre est à l'étage, poursuivit la femme. Et l'escalier se trouve dans le couloir, juste ici. Mais excusez mon impolitesse. Je peux vous offrir quelque chose à boire ? Un café ? Je n'ai pas vu de voiture, vous n'avez quand même pas fait toute la route à pied ?

– Si..., murmura Unnur, intimidée.

– Eh bien, vous méritez un bon café ! Vous en buvez, n'est-ce pas ? demanda Erla, et Unnur eut la sensation que la seule réponse envisageable était « oui ».

– Bien sûr.

– Asseyez-vous, la cafetière est encore chaude.

Elle s'exécuta, posant son sac et s'installant sur le canapé avant d'admirer le décor.

Erla revint rapidement avec le café.

– Tenez, mon enfant. Il est fort et bien noir. Vous voulez du lait, du sucre ? Les deux ?

Unnur secoua la tête.

– Ça ira comme ça, merci.

– Vous devez être épuisée.

– C'était... disons que c'était une marche revigorante, plaisanta-t-elle avant de boire une gorgée du puissant café.

– Je suis seule ici en ce moment. Mon mari est parti à la capitale, il s'y rend souvent en cette saison. De fait, j'ai toujours besoin d'un coup de main, vous n'allez pas vous ennuyer.

– Je vois, oui. Ça me semble parfait, j'aime être occupée.

– Vous me disiez au téléphone que vous écriviez un livre ? s'enquit Erla, le regard fixé sur elle.

– Oui, ou du moins, j'essaie. Pendant mon temps libre.

– Oh, on a beaucoup de travail, mais aussi beaucoup de temps libre. Lorsque les tâches du jour sont terminées, la vie est parfois un peu monotone, à moins que vous ayez envie de marcher jusqu'au village tous les soirs, ajouta-t-elle avec un sourire. Enfin, c'est bien d'avoir quelque chose à faire de ses dix doigts. Je lis beaucoup, voyez-vous.

Unnur hocha la tête.

– Votre chambre est en haut, comme je vous l'ai dit. Elle n'est pas très grande, mais je pense qu'elle fera l'affaire. Personne ne s'en est plaint jusqu'ici.

– Merci, je suis certaine que ce sera parfait. Un rien me suffit.

– Formidable. Je suis heureuse de vous avoir ici. Ça va me faire un peu de compagnie, tant qu'Einar est absent. Je pense que nous allons très bien nous entendre.

Unnur acquiesça de nouveau.

– Quant à la nourriture, elle est plutôt traditionnelle. Des plats de la campagne, à l'ancienne. C'est peut-être différent de ce à quoi vous êtes habituée à…

– À Gardabœr, compléta Unnur. Je n'ai jamais été difficile, tout ira bien.

9

– Ça doit faire une dizaine d'années, maintenant, poursuivit Jens, la mine grave.

Hulda et lui se tenaient toujours dans le vestibule. L'inspecteur avait fermé la porte, mais le froid parvenait à s'immiscer à l'intérieur.

Restant un instant pensif, il reprit finalement :

– Oui, ça doit être ça, dix ans depuis qu'elle est morte, leur fille. Je ne connais pas tous les détails de l'histoire, mais à la campagne, les informations circulent vite, vous savez. Comme je l'ai dit, elle est revenue vivre ici, dans la ferme voisine, après le lycée. Et Erla l'a très mal pris.

– Pourquoi ?

– On raconte qu'elle avait envoyé sa fille le plus loin possible. Qu'elle tenait absolument à ce qu'Anna trouve sa place à Reykjavík. Erla venait de la ville, et elle ne se sentait pas bien dans cette région isolée, je crois que tout le monde l'avait remarqué. Elle a probablement toujours regretté d'avoir quitté la capitale pour la campagne, et elle voulait s'assurer que sa fille ait la vie dont elle-même s'était privée, vous voyez ?

– Je comprends.

– Mais Anna était une jeune femme déterminée, elle ne s'en laissait pas conter. Elle aimait la vie rurale, comme la plupart d'entre nous. Alors elle est revenue.

Hulda hocha la tête.

– Erla ne supportait pas la solitude, la neige, l'obscurité, ça se voyait. Tous les ans, elle passait à la bibliothèque faire des réserves de livres avant l'hiver, et Gerdur, la bibliothécaire, m'a dit plus d'une fois qu'elle avait l'impression de servir une… une prisonnière. Quelqu'un qui s'apprêtait à passer sa vie derrière les barreaux.

Il marqua une brève pause.

– Erla voulait sans doute épargner ce genre d'existence à sa fille. À y repenser, ça lui aurait d'ailleurs probablement sauvé la vie, à cette pauvre gamine.

Hulda hocha de nouveau la tête sans toutefois comprendre ce à quoi Jens faisait allusion.

– C'était Einar ? demanda-t-elle, presque malgré elle.

– Quoi, Einar ?

– Elle voulait tenir sa fille à distance d'Einar ?

– Mon Dieu, non ! Einar n'était pas comme ça, *pas du tout*.

Hulda baissa les yeux, songeant à Jón et à Dimma. Au fond, elle avait peut-être espéré que l'histoire d'Erla, Einar et Anna ferait écho à son expérience récente. Pour se sentir un peu moins seule.

– Bref, c'est là que la tragédie a frappé, reprit Jens en baissant la voix, comme s'il n'avait pas vraiment envie de raconter la suite des événements. En plein hiver, évidemment.

Poussant un soupir, il poursuivit :

– Il est affreusement long ici, comme vous pouvez

l'imaginer. Long et très enneigé. Cela s'est passé en décembre, peu avant Noël. La météo était particulièrement mauvaise, on aurait dit que la neige n'allait jamais s'arrêter de tomber.

Hulda n'avait aucun problème à visualiser la scène, il suffisait de jeter un coup d'œil dehors et d'imaginer un manteau blanc encore plus épais recouvrant tout, effaçant tout.

– Anna était venue voir ses parents, et avec cette météo, elle s'est retrouvée pour ainsi dire coincée. En descendant à la cave chercher quelque chose, elle a glissé sur une plaque de verglas, et elle s'est cogné la nuque contre une marche en béton. Le couple n'a rien vu, Erla a dû la retrouver peu de temps après sa chute. La gamine était inconsciente, encore en vie, mais elle avait perdu beaucoup de sang. Ils ont tout de suite appelé une ambulance, bien sûr...

Il se tut un instant. Hulda n'insista pas pour qu'il poursuive.

– Je me souviens..., commença-t-il, le regard perdu dans le vide. Je me souviens bien de la manière dont Erla m'a décrit la scène. Ils n'osaient pas la déplacer, ils sont restés assis à côté d'elle dans la neige, à la regarder mourir. Et ça a pris un temps fou. Les secours leur avaient donné des instructions par téléphone pour tenter de stopper le saignement, mais ça n'a pas suffi. Erla m'a dit être restée assise là pendant une éternité, impuissante. Le problème, c'était que...

Comprenant où il voulait en venir, Hulda s'autorisa à compléter sa phrase :

– C'était que l'ambulance n'arrivait pas à accéder à leur maison à cause de la neige.

– Exactement. Ils ont fini par y parvenir, mais trop

tard. Un hélicoptère a failli être envoyé sur place, mais même chose : la décision a été prise trop tard. Anna était déjà morte quand les secouristes sont arrivés. Le plus tragique dans cette histoire, c'est qu'il n'aurait pas été très compliqué de la sauver si elle avait pu voir un médecin à temps.

– C'est l'isolement qui l'a tuée, murmura Hulda.

– Oui, et c'est ainsi qu'Erla a toujours perçu les événements. Je crois qu'elle a progressivement pris ses distances avec la vie ici. C'était déjà le cas avant le drame, alors je vous laisse imaginer après… Elle n'a pas déménagé pour autant, elle a tenu bon, a continué de vivre ici avec son mari. Mais elle a changé. Elle est devenue un peu étrange.

– Comment ça ?

– Comme si elle refusait d'affronter la réalité. Bien sûr, nous ne savons pas comment elle se comportait à la maison, Einar n'en parlait jamais. Il n'était pas très causant, un homme d'action plutôt que de paroles, et il ne serait jamais allé cancaner sur son épouse. En revanche, elle venait régulièrement au village, et la plupart du temps elle parlait d'Anna au présent. C'est ce que plusieurs personnes m'ont raconté, que ce soit à la bibliothèque, à l'épicerie ou ailleurs. Parfois, elle allait jusqu'à dire qu'elle recevrait bientôt sa visite, qu'elle faisait des courses pour elle, ce genre de choses. Peu de gens osaient la contredire, mais je pense vraiment qu'elle s'était convaincue qu'Anna n'était pas morte. Elle s'était créé sa petite réalité parallèle.

Puis il ajouta :

– Et ce n'est pas moi qui lui jetterais la première pierre.

Hulda avait essayé de suivre le récit de l'inspecteur

avec attention, mais à chaque fois qu'elle l'entendait mentionner Anna, elle songeait à Dimma. Et à présent, une seule pensée l'obsédait : allait-elle emprunter le même chemin qu'Erla ? Allait-elle se réfugier dans de sombres recoins de son esprit pour se débarrasser – ne fût-ce qu'un instant – de la douleur qui ne la lâchait plus depuis ce Noël maudit ?

10

Le souvenir de l'enterrement de Dimma était à la fois net et perdu dans les brumes. Hulda avait autant envie de se le rappeler que de l'oublier. Il s'agissait sans doute de la journée la plus éprouvante de son existence. Et la météo s'accordait avec son sentiment : froid glacial, chute de neige, vent violent, un temps hivernal typique. Elle avait rencontré le pasteur deux jours plus tôt pour lister avec lui les points les plus importants de la vie de sa fille, mais la réunion avait subitement pris fin lorsqu'elle s'était effondrée. Elle ne connaissait pas cet homme, sa famille n'avait jamais été très pratiquante, et l'idée de devoir remettre les adieux de son enfant entre les mains d'un inconnu l'avait soudain bouleversée. Mais cela n'avait peut-être pas d'importance. Plus rien n'avait d'importance.

Incapable de se concentrer lors de la cérémonie, Hulda avait effacé de sa mémoire le discours de l'homme d'Église. Pour une étrange raison, elle s'était sans le vouloir mise à penser à son propre éloge funèbre, à la forme qu'il prendrait le jour venu, à ce qu'on retiendrait d'elle.

Un mur épais la séparait de Jón, assis à côté d'elle.

L'un comme l'autre, ils étaient bien conscients qu'il était responsable de la tragédie. Ce qu'il avait fait à Dimma était si impardonnable qu'elle ne parvenait pas à le mettre en mots.

Parfois, Hulda se disait qu'elle aurait aimé que sa fille laisse une lettre derrière elle, un message. D'un autre côté, elle était soulagée que ce ne soit pas le cas. Nul doute que l'adolescente les aurait tous deux mis en cause : Jón pour son crime, Hulda pour son inaction.

Dans le froid mordant de cet avant-dernier jour de l'année, tandis que le cercueil était mis en terre, les larmes de Hulda faisaient fondre la neige à ses pieds, le hurlement du vent comme un écho à celui qu'elle retenait.

11

Sur le chemin du retour vers le village, la neige tombait toujours mais la route demeurait praticable. Il était presque minuit.

Hulda ne cessait de revoir le visage d'Unnur, la jeune fille disparue, essayant de se persuader qu'elle était peut-être toujours en vie, qu'il était encore possible de la sauver. Elle avait besoin de se raccrocher à cette possibilité, ne serait-ce que pour affronter la nuit à venir. C'était la nuit que ses démons se manifestaient avec le plus de force. Son sommeil était au mieux agité, mais la plupart du temps, elle n'arrivait même pas à fermer l'œil, et lorsqu'elle se retrouvait seule avec ses pensées, la tête enfoncée dans son oreiller, elle avait la sensation de plonger dans un gouffre sans fond et qu'elle ne parviendrait plus jamais à se redresser.

Or, la nuit se rapprochait, et effroyablement vite. Hulda n'aurait pas été contre rester sur les lieux du crime, attendre des nouvelles, s'asseoir et discuter avec Jens. Peut-être même aurait-elle pu s'assoupir un peu, réussir à rassembler ses forces.

– Vous avez une théorie sur tout ça ? demanda

l'inspecteur, la voix à peine assez forte pour qu'on la distingue du bruit du moteur et du vent.

Il fallait admettre que les parts d'ombre ne manquaient pas. Il semblait évident qu'une troisième personne s'était attaquée au couple, néanmoins les circonstances demeuraient floues. S'agissait-il de Haukur Leó ? Son véhicule retrouvé à une relative proximité de la ferme corroborait cette thèse. Mais si c'était le cas, où était-il passé ? Et pourquoi diable était-il venu jusqu'ici juste avant Noël ?

Unnur.

Ce ne pouvait être que ça. Il cherchait Unnur.

Pourquoi à cet endroit ?

Avait-elle un lien avec le couple ? Rien ne le suggérait dans les indices réunis au cours de l'enquête, et pourtant les recherches avaient été intensives, toutes les possibilités avaient été explorées.

Non, elle n'en avait sans doute pas. En dehors de sa ressemblance avec Anna, la fille d'Erla et d'Einar. Elles n'étaient tout de même pas parentes ?

Malgré l'heure tardive, Hulda se promit d'appeler la mère d'Unnur lorsqu'elle serait de retour au village. Peut-être avait-elle une idée de ce que Haukur Leó faisait dans la région. Par ailleurs, la pauvre femme méritait bien de savoir que le véhicule de son mari avait été retrouvé.

Assise sur son lit dans la petite auberge où une chambre lui avait été réservée, Hulda frissonnait. Le lieu était bien entretenu et agréable, mais le propriétaire semblait déterminé à économiser sur le chauffage.

Les coordonnées de la mère d'Unnur à la main, elle hésitait encore à faire tourner le cadran du téléphone.

Elle inspira profondément pour se donner du courage, puis composa finalement le numéro. Au bout de quelques sonneries, la voix ensommeillée de la femme lui répondit.

– Bonsoir, ici Hulda Hermannsdóttir, de la brigade criminelle.

Se présenter avec son nom complet n'était peut-être pas nécessaire, elle avait régulièrement rendu visite au couple lors des premiers jours suivant la disparition d'Unnur, et ils avaient pris l'habitude de s'appeler par leurs prénoms.

– Hulda ? Oui, bonsoir, fit la femme d'un ton soudain fébrile.

– Je suis navrée de vous téléphoner aussi tard. Cela concerne votre mari… Nous avons localisé sa jeep.

– Sa jeep ? Et… Et lui… où est-il ?

– Nous l'ignorons pour le moment. Nous allons lancer des recherches dès l'aube.

– Où se trouvait-elle ? La voiture ? balbutia la femme, peinant à finir ses phrases entre deux sanglots.

– Dans l'Est, répondit Hulda avant de lui fournir des détails plus précis.

– Qu'est-ce… pourqu… qu'est-ce qu'il faisait là-bas ? Je ne comprends pas…

– Vous connaissez du monde dans cette région ? Le véhicule a été retrouvé à proximité d'une ferme appartenant à un couple, Einar et Erla, ça ne vous dit rien ?

– Nous… nous n'avons pas de famille dans l'Est, je n'ai jamais entendu parler de ces gens… jamais.

– Je vois. Nous mettons tout en œuvre pour essayer de faire la lumière sur ce qui s'est passé. Il est possible que la voiture soit là depuis Noël.

– Et Unnur… Il y a… ?

– Pour le moment, rien ne suggère qu'elle soit venue ici, répondit Hulda. Mais nous allons évidemment envisager cette possibilité.

– Je vois… Je peux vous appeler si… ?

– Vous pouvez contacter le poste de police local, mais je vous téléphonerai dès que j'aurai du nouveau.

Hulda lui donna le numéro du commissariat.

– OK… OK… merci…

– Bonne nuit, à très bientôt.

Hulda s'allongea sur son lit, et aussitôt le visage de Dimma lui apparut.

Une nouvelle nuit blanche en perspective. Et ce serait sans doute la même chose pour la mère d'Unnur.

12

Comme elle le craignait, Hulda n'avait pas fermé l'œil de la nuit. Le téléphone sur sa table de chevet se mit à sonner à l'aube.

– J'espère que je ne vous réveille pas, dit l'inspecteur Jens. Mes agents ont découvert quelque chose qui peut nous intéresser derrière la maison : une pelle a été abandonnée, elle était couverte de neige, et des traces indiquent que quelqu'un a essayé de creuser la terre.

– Quoi ? Est-ce qu'on a une explication ?

– Pas encore, on y travaille, mais le sol est dur comme du béton à cause du gel, bien sûr. Celui qui a essayé de creuser n'a visiblement pas réussi à aller très loin.

– Il avait peut-être l'intention d'enterrer les corps ? suggéra Hulda.

– Ou de déterrer quelque chose, fit l'inspecteur d'une voix sombre. Je ne sais pas si vous vous souvenez, Hulda, mais dans la cave, les pelles formaient un tas désordonné, alors que les autres outils étaient parfaitement rangés. On aurait dit que quelqu'un en avait pris une dans la précipitation et fait accidentellement tomber le reste.

Hulda se tut. Elle devait réfléchir à ce nouvel élément. Une explication reliait sans doute ces indices épars, même si elle lui échappait encore.

13

Assise dans sa chambre sous les combles, Unnur travaillait à son roman. La soirée était déjà bien avancée et, dehors, les ténèbres enveloppaient tout. À cette saison, le soleil se recouchait à une extrême rapidité. Elle était pétrie de doutes quant à la direction de ses écrits, néanmoins elle aurait tout le loisir d'y apporter des corrections plus tard. Elle n'avait pas l'intention de faire lire le texte à qui que ce soit pour le moment, d'ailleurs elle était seule ici avec Erla. Son mari se trouvait encore à Reykjavík.

– Anna, lança cette dernière depuis le salon, en bas. Anna, viens prendre un café.

Unnur se redressa. Y avait-il un visiteur qu'elle n'avait pas entendu entrer ?

– Anna ? s'exclama Erla encore plus fort.

Se levant de sa chaise, Unnur s'apprêtait à aller jeter un coup d'œil dans le couloir avant d'être prise d'une hésitation. Devait-elle faire comme si elle n'avait rien entendu ? Elles n'étaient que toutes les deux dans la maison, c'était presque une certitude.

Mais Erla insistait :

– Anna, tu ne veux pas venir ?

Unnur sortit de la chambre et descendit l'escalier. Arrivée en bas, elle tomba nez à nez avec son hôte.

– Anna, qu'est-ce que tu faisais là-haut ? Pourquoi tu n'étais pas dans ta chambre ? demanda la femme avec un sourire.

Une tasse de café à la main, elle ne semblait pas tout à fait elle-même. Unnur tressaillit.

– Erla… je…

– Allez, viens, on va manger un morceau de gâteau, et que dirais-tu d'une partie de cartes ? J'ai aussi du soda dans le frigo, il vaut mieux le terminer avant que ton père ne revienne. Il n'en a pas besoin !

Et de nouveau, ce sourire.

14

Unnur avait abandonné l'idée de s'échapper, du moins pour le moment. Erla la terrifiait, avec cette étrange étincelle dans son regard qui suggérait qu'elle était capable de tout. Pour quelque raison, elle ne cessait de l'appeler « Anna » et sombrait dans une colère noire chaque fois qu'Unnur essayait de la corriger, de lui expliquer qu'elle ignorait qui était cette Anna, qu'elle-même venait de Gardabœr et voyageait tout autour de l'Islande. Lors de leur dernière confrontation, Erla avait purement et simplement menacé de la tuer, et Unnur avait l'effroyable sensation qu'elle n'hésiterait pas à mettre sa menace à exécution.

Elle se raccrochait désormais à l'espoir qu'Einar viendrait à son secours, si toutefois il existait. En attendant, mieux valait ne pas faire d'esclandre. Elle avait seulement le droit de sortir manger et d'aller aux toilettes, après quoi Erla, armée d'un couteau, la forçait à retourner dans sa chambre qu'elle fermait à double tour.

Ce n'était pas censé se passer comme ça. C'était censé être une année d'aventures, de belles surprises. Pas un cauchemar.

Mais Unnur était une femme forte, elle n'allait pas

se laisser abattre. Il fallait qu'elle reste solide. Elle écrivait, écrivait toujours, son roman avançait bien. Quelque part, elle espérait que la situation s'arrangerait toute seule si elle faisait preuve de patience et qu'elle gardait son calme. Elle avait envisagé de fuir la prochaine fois qu'Erla ouvrirait la porte, mais elle était paralysée à l'idée que la femme réussisse à la rattraper. Et puis, fuir pour aller où ? Il n'y avait pas de voisin chez qui se réfugier.

Par sécurité, elle avait décidé d'écrire une lettre à ses parents. Elle avait suffisamment de pages dans son calepin, et elle avait emporté quelques enveloppes pour pouvoir les contacter au cours de son périple. Sa missive terminée, elle l'avait dissimulée entre les livres de la bibliothèque pour éviter qu'Erla ne tombe dessus. Avec un peu de chance, son message finirait par parvenir à ses parents d'une manière ou d'une autre même si la situation dérapait…

15

Hulda prit son petit déjeuner à l'auberge avec ses confrères de la scientifique et Jens, qui les accompagnait en buvant un café noir. Ils échangèrent à peine quelques commentaires sur l'affaire en cours. Hulda nourrissait de forts soupçons sur ce qui pouvait se cacher sous la terre derrière la ferme, mais elle espérait encore pouvoir repousser l'inévitable.

– On se met en route ? suggéra Jens sans précipitation.

Une bonne heure avait passé depuis son appel à l'aube, il était désormais plus de huit heures. Entendant le téléphone sonner à la réception, Hulda croisa les doigts pour que cela ne leur soit pas destiné.

Elle hocha la tête, peu enthousiaste à l'idée de retourner sur les lieux du crime après la révélation de ce nouvel élément.

– Oui, allons-y. Les secouristes ont commencé à chercher Haukur Leó ?

– J'imagine. Et mes agents doivent encore être en train de creuser.

– Excuse-moi, Jens, l'interrompit le propriétaire de l'auberge en surgissant dans leur dos. J'ai quelqu'un au téléphone pour toi.

– Pour moi ?

L'inspecteur se leva de sa chaise avec grand bruit. Toujours assise, Hulda écouta l'écho qui lui parvenait de la conversation. Jens revint rapidement.

– Ils ont trouvé un corps derrière la maison.

Hulda resta muette, devinant déjà ce qui allait suivre.

– Ils pensent que c'est celui de la disparue, Unnur.

Une vague de désespoir la submergea. Elle s'était tant accrochée à l'idée qu'elle pouvait sauver cette jeune femme, même si au fond elle savait très bien que c'était une illusion. Et le sentiment de dévastation qui s'empara d'elle à ce moment n'était pas sans lui rappeler le cauchemar qu'elle avait vécu à Noël.

Quelqu'un avait assassiné Unnur. Cela ne faisait plus aucun doute. Et Hulda avait l'intuition que celui ou celle qui avait causé sa mort en avait déjà payé le prix.

Lorsqu'elle arriva sur place accompagnée de Jens, on l'informa que le corps de la jeune fille portait des traces de blessure qui suggéraient un décès d'origine criminelle.

Inexorablement, la neige continuait de tomber, et le vent s'était intensifié depuis leur dernière visite. La vieille bâtisse dégageait une atmosphère différente dans la lumière de l'aube et, malgré le froid, Hulda n'avait aucune envie de retourner à l'intérieur. A priori, elle pouvait s'en dispenser. Elle avait observé le corps et sa terrible tombe improvisée, puis le cadavre avait été mis à l'abri dans la maison.

Unnur gisait donc sous terre depuis tout ce temps, dans cette fosse sans nom, là où personne n'aurait jamais eu l'idée d'aller la chercher.

Hulda se demanda si elle avait commis une négligence durant l'enquête, à l'automne précédent. Avait-elle omis des indices qui auraient pu la mettre sur cette piste ? Quand bien même, cela n'aurait probablement rien changé, la jeune fille était peut-être déjà morte au moment où on avait signalé sa disparition.

Toujours est-il que son père était venu jusqu'ici.

Comment avait-il su qu'elle était là ?

Avait-il une responsabilité dans sa mort ? Était-ce envisageable ?

– Quel sac de nœuds, marmonna Jens lorsqu'ils se furent réfugiés dans la voiture de police. Je n'ai jamais vu une chose pareille. Et dans ma propre circonscription, chez moi ! se lamenta-t-il.

Le médecin venu avec l'ambulance leur avait affirmé que le décès de la jeune fille devait remonter à plusieurs semaines voire plusieurs mois avant le meurtre du couple. Une autopsie serait nécessaire pour établir une date plus précise, néanmoins il semblait désormais exclu que Haukur Leó les ait assassinés tous les trois. Cette théorie était de toute façon un peu tirée par les cheveux, il était indubitablement venu ici *à sa recherche*.

Au cours de son voyage sur les routes islandaises, Unnur avait dû tomber sur cette ferme à l'écart de toute civilisation qui devait correspondre à ses envies d'aventure. Une aventure qui s'était finalement soldée par une tragédie insensée.

– Pauvre enfant, souffla Hulda après un long silence.

– Il la cherchait, vous croyez ? L'homme à la jeep. Il cherchait… sa fille ?

Elle hocha la tête.

– Et voilà comment ça s'est terminé, reprit-il. Dans un bain de sang…

– Peut-être que le couple ne voulait pas lui dire où elle était…, conjectura Hulda, songeuse. Ou peut-être… Peut-être qu'ils le lui ont justement dit, qu'ils ont avoué l'avoir tuée… Qui sait comment on peut réagir face à ce genre de nouvelle, Jens ? Même les hommes les plus raisonnables peuvent… peuvent perdre le contrôle.

16

– Erla, je dois savoir ce qui lui est arrivé, asséna Leó, la voix nouée d'un désespoir mêlé de crainte.

À cet instant précis, c'était pourtant plutôt à elle d'avoir peur.

– Qu'est-ce... qu'est-ce que...

Le cerveau toujours enveloppé dans ce fichu brouillard, elle cherchait sans cesse ses mots, plus rien n'avait de sens.

– Vous savez de quoi je veux parler, Erla, maintenant, c'est terminé ! Je dois la trouver ! Il faut que je sache !

Elle demeura pétrifiée. Lorsqu'il la lâcha, elle parvint à faire quelques pas en arrière, consciente qu'elle était sans défense, acculée comme un animal dans une cage.

– J'ai... J'ai perdu le contrôle, vous comprenez ? balbutia-t-il. Je ne voulais pas... je ne voulais pas blesser votre mari.

– Il est mort, répondit-elle à mi-voix, les joues parcourues de larmes.

Ces mots n'étaient pas vraiment destinés à Leó, elle avait juste besoin de les prononcer à voix haute pour se rappeler cette réalité, pour réussir à la différencier de son imagination. Einar était mort. C'était la vérité, et à présent elle en saisissait le sens. Et Anna... La pauvre Anna... Elle était morte, elle aussi. Le voile s'était levé. Elle comprenait. Se rappelait tout si nettement. Et les larmes qu'elle versait leur étaient destinées à tous les deux.

– C'était un accident, Erla, je ne voulais pas lui faire de mal. Il avait un couteau, j'étais terrifié, et ensuite ça a dérapé. J'ai cru qu'il allait me poignarder... Je n'aurais jamais pu faire une chose pareille dans d'autres circonstances, je cherchais juste à me défendre...

Erla hocha la tête. Plus rien ne lui ramènerait sa famille.

Il était temps d'assumer les conséquences de ses actes. Peut-être qu'il valait mieux répondre aux questions de cet homme tant qu'elle en était capable, tant qu'elle se souvenait... Car désormais, tout ce qu'elle avait essayé de nier lui revenait. Cernée par les ténèbres, elle devait affronter la mort. La mort et la vérité.

– Vous cherchez Unnur ? demanda-t-elle sans réfléchir.

– Oui, oui ! Bon sang ! Oui, je cherche ma fille. Et vous savez où elle est, n'est-ce pas ?

– Elle est venue ici. Pour travailler.

– Je sais. Elle m'a écrit une lettre. Je viens seulement de la recevoir, il y a quelques jours. Celle que votre mari a dit avoir trouvée et mise à la poste, j'imagine.

Acquiesçant, Erla murmura :

– En effet. J'ignorais qu'elle avait caché une lettre ici...

– Qu'est-il arrivé à Unnur ?

– Einar ne savait rien de tout ça. Vous n'aviez pas besoin de le tuer.

– Ce n'était pas mon intention ! Je vous le jure !

– Quant à moi, je ne voulais pas lui faire de mal, je…

Il la saisit de nouveau, cette fois par le cou. Elle ne chercha pas à se défendre tandis qu'il commençait à l'étrangler. Le souffle de plus en plus ténu, elle se sentait étrangement sereine, ne voulait plus devoir faire face… à quoi que ce soit.

– Dites-moi, Erla. Dites-moi ! Est-elle en vie ?

Elle le regarda droit dans les yeux, ses forces déclinant peu à peu. Il la relâcha légèrement, une lueur d'espoir dans le regard. Lueur qu'elle dut alors éteindre :

– Non, elle est morte. Je suis désolée.

À ces mots, il resserra les mains autour de son cou.

– Je ne voulais pas la laisser partir, elle allait me quitter, Leó. Une nouvelle fois. Anna allait me quitter.

– Qui est Anna ?

– Ma fille. Unnur est apparue dans ma vie parce que mon Anna avait disparu, elles se ressemblaient tellement. J'avais parfois l'impression que c'était mon enfant qui m'avait été rendue, j'en étais même persuadée. Persuadée que la vie m'avait offert une nouvelle chance, j'étais si heureuse, même si je ne comprenais pas. Einar était absent… Et souvent, je ne supporte pas de rester seule ici, je perds un peu les pédales… mais j'étais certaine que c'était mon Anna. Et elle voulait partir ! Elle voulait me quitter ! Je ne l'aurais pas supporté, pas une nouvelle fois. Alors je le lui ai interdit.

Tant qu'elle en était encore capable, elle inspira profondément.

– C'est arrivé comme ça. Nous nous sommes battues, et puis elle est morte. Elle saignait, c'est tout ce dont je me souviens, tout le reste est perdu dans le brouillard… J'ai fini par jeter ses bagages à la mer lorsque je suis allée au village pour emprunter de nouveaux

livres à la bibliothèque… Oh… Je savais que vous la cherchiez. Je l'ai senti en moi à votre arrivée. Mais en même temps, c'était comme si j'avais tout oublié. Je ne voulais pas me rappeler…

À ces mots, les doigts de Leó se crispèrent encore davantage contre sa gorge.

– Où est ma fille ?! hurla-t-il, la voix brisée. Comment avez-vous pu ? Comment avez-vous pu lui faire une chose pareille ? Où est-elle ?

– Je l'ai enterrée derrière la maison, à côté du potager… Je ne voyais pas quoi faire d'autre. Einar ne devait pas savoir.

L'étreinte de l'homme ne cessa de se resserrer, jusqu'à ce que sa conscience la quitte peu à peu.

Jusqu'à ce qu'elle se sente partir.

17

Un secouriste accourait sous la neige en direction de la voiture de police. Hulda asséna un léger coup de coude à Jens, qui ne l'avait pas remarqué, puis elle ouvrit la portière et sortit dans le froid. Elle ne connaissait pas l'homme, mais il portait l'uniforme et semblait sous le choc lorsqu'il prit enfin la parole, à bout de souffle :

– On l'a trouvé, je crois qu'on l'a trouvé.

Comment diable vais-je pouvoir annoncer à cette pauvre femme qu'on a retrouvé les corps sans vie de son mari et de sa fille ? pensa Hulda instantanément. La perspective de cet appel lui glaçait le sang au point qu'elle envisageait même de confier cette mission à quelqu'un d'autre. Elle n'était pas sûre de pouvoir supporter autant de malheur.

– Mort ? demanda-t-elle, bien que la réponse soit évidente.

– Oui, oui, bien sûr, je vais vous le montrer. Ce n'est pas très loin de la ferme, on pense qu'il s'est perdu. Il a sans doute tourné en rond, ce n'est pas rare quand on ne connaît pas la région sur le bout des doigts.

Jens était sorti du véhicule à son tour.

– On te suit, dit-il au secouriste d'une voix étonnamment ferme.

Luttant contre les bourrasques neigeuses qui lui fouettaient le visage, Hulda s'estimait chanceuse d'être accompagnée par une équipe de secouristes ; seule, elle n'aurait jamais été capable de retrouver la ferme. Le mur de neige qui les entourait les aveuglait, quelle que soit la direction dans laquelle ils regardaient, ils ne discernaient qu'un monochrome gris. Voilà sans doute comment Haukur Leó avait rencontré son funeste destin.

Seul dans la tempête.

Probablement avec deux meurtres sur la conscience.

Le corps gisait sous ses yeux, dans la neige, son sac à dos à quelques pas.

Sa pauvre femme… Et d'un autre côté, même s'il avait survécu, il aurait sans doute eu à répondre devant la justice pour deux homicides.

Hulda ne savait pas grand-chose de cet homme, bien qu'elle l'ait régulièrement rencontré dans le cadre de son enquête, une période assurément difficile dans sa vie et celle de son épouse. Et pourtant, elle avait la sensation de le connaître. Observant ce corps sans vie, elle éprouvait de l'empathie à son égard. En l'espace de quelques mois, il avait dû faire face à des épreuves innommables, et n'avait jamais pu revoir le visage de sa fille.

Il avait beau avoir tué deux personnes, elle ne parvenait pas à voir en lui un criminel de sang-froid.

L'existence n'était pas aussi simple, la frontière entre le bien et le mal jamais aussi nette.

– Nous avons deux ou trois choses à te montrer, lui dit l'un de ses collègues.

Le soir commençait déjà à tomber, le corps de Haukur Leó avait été emporté, de même que son sac. Ils étaient assis dans la maison. Si la neige avait cessé, le vent continuait de souffler avec force.

– Nous avons trouvé un couteau parmi ses effets personnels, avec des traces de sang, poursuivit-il en lui tendant un sachet en plastique transparent qui contenait l'arme.

– Sans doute celui avec lequel il a tué Einar, commenta Hulda.

– Il faudra l'analyser pour en être certain, mais oui, c'est très probable. Il avait aussi un trousseau de clés pour accéder à la maison.

Hulda hocha la tête.

– Et la troisième chose ?

L'agent lui tendit un autre sachet en plastique.

– Cette lettre. Elle va probablement beaucoup t'intéresser.

18

« Chère maman, cher papa,

J'ai si peur. J'aimerais tellement être avec vous.

Peut-être que cette lettre ne vous parviendra jamais, mais je ne sais pas par quel autre moyen vous faire passer un message. Je vais la cacher ici, entre des livres. J'espère pouvoir l'emporter avec moi si je parviens à m'échapper.

Elle m'a enfermée ici. Erla, la propriétaire. Je suis dans l'Est, je joins à l'enveloppe l'annonce que j'ai trouvée dans une station-service de Kirkjubæjarklaustur, l'itinéraire y est indiqué. C'est si loin de tout, et cette femme a complètement perdu la raison.

Elle me garde prisonnière dans une chambre sous les combles.

Elle m'appelle toujours Anna et refuse de me laisser sortir. Je ne sais pas pourquoi, je ne lui ai rien fait.

Je sais que vous ne vouliez pas que je me lance dans cette expédition. Et je regrette à présent de ne pas vous avoir écoutés. Je n'ose pas tenter de m'enfuir, elle menace de me tuer. Elle dit qu'elle ne veut pas me perdre.

Je suis évidemment consciente que vous ne lirez

probablement jamais ces mots, mais je me sens un peu mieux rien qu'en les écrivant. J'ai la sensation que vous êtes avec moi, que vous allez me sauver. »

19

Haukur Leó estimait avoir repéré l'emplacement. Derrière la maison, sous la neige, il distinguait une sorte de potager.

Lorsqu'il avait pris la route pour ce long voyage, sa plus grande crainte était sans doute de ne pas retrouver sa fille. À présent, il était terrifié à l'idée de la trouver sous cette terre, de recevoir la confirmation de sa mort.

Bien sûr, il fallait qu'il apprenne la vérité, et sa femme également... Ils ne parlaient plus que de la disparition d'Unnur, mouraient à petit feu de ne pas savoir ce qui s'était passé.

L'un comme l'autre, ils s'étaient toujours dit qu'il valait mieux connaître le pire plutôt que de vivre dans l'incertitude et la peur, mais il n'en était plus tout à fait sûr. À présent il savait, ou tout au moins croyait savoir, que non seulement Unnur était morte, mais qu'elle avait en outre été assassinée. Anéanti, il avait du mal à réfléchir, à déterminer ce qu'il convenait de faire. Le sol se dérobait sous ses pieds, il avait la sensation de s'être métamorphosé, d'être devenu un autre homme. Il s'était toujours considéré comme quelqu'un de bien, mais le désespoir avait brisé quelque chose en lui… Lorsque la lettre était arrivée par la poste, il n'en avait pas cru ses yeux. Il était à la maison quand le facteur l'avait glissée dans la fente de la porte d'entrée. Il travaillait de plus en plus souvent chez lui, ne supportait plus la compagnie de ses collègues au bureau. C'était juste avant Noël, quelques tout petits jours auparavant, et le souvenir lui semblait encore irréel.

Avant de la lire, il s'était dit qu'au moins Unnur était vivante, que ce cauchemar allait prendre fin, qu'elle avait voulu s'évanouir dans la nature pour quelque mystérieuse raison mais qu'à présent elle leur écrivait pour leur dire qu'elle allait bien, qu'ils lui manquaient. Il avait d'ailleurs presque bondi sur le téléphone pour appeler sa femme. Et puis, ses yeux s'étaient posés sur la date en haut de la feuille de papier.

Le temps s'était figé. Pris d'un vertige, à bout de forces, il avait entrepris la lecture de la missive. Un appel au secours qu'Unnur n'avait pas eu la possibilité d'envoyer.

Elle était terrifiée. Haukur Leó n'avait cessé de relire ses mots, encore et encore, bouillonnant d'une fureur de plus en plus incontrôlable, d'une rage incommensurable contre cette femme qui osait faire subir cela à son enfant. La lettre était datée du début de l'automne, peu après sa disparition.

Lorsqu'il avait terminé de la lire, Haukur Leó avait décidé de partir seul à la recherche de sa fille. Il n'avait pas réfléchi, et à présent il regrettait amèrement sa décision désastreuse. Il aurait dû contacter la police. Au lieu de quoi il avait fait ses bagages, glissant dans son sac à dos son couteau de chasse, une boussole et de l'argent. Muni du plan précis de la région comportant l'emplacement de la ferme qu'Unnur avait joint dans l'enveloppe, il avait foncé à bord de sa jeep dans l'hiver tourmenté sans même en toucher un mot à sa femme. De toute façon, leur relation n'était plus faite que de silences. Ils n'avaient plus rien à se dire.

En y repensant, il se demandait ce qui lui avait pris. Sans doute le souci de ne pas éveiller de faux espoirs chez son épouse. Ou peut-être un simple désir de vengeance envers cette dénommée Erla. Une fureur sourde, instinctive. Venue des tréfonds de son âme.

Malgré la neige, il avait pu rejoindre l'est du pays à une vitesse impressionnante. Il aurait sans doute mieux valu qu'il se fasse arrêter par la police. Tenu d'expliquer l'objet de son voyage, peut-être aurait-il retrouvé la raison…

Après plusieurs centaines de kilomètres sur la nationale relativement bien dégagée, il avait tourné dans un chemin de terre beaucoup moins praticable où, arrivé sur un tronçon infranchissable, il avait dû faire un détour avant de s'embourber. La seule solution était de terminer à pied. Bien préparé, il avait une idée assez précise de la distance à laquelle se trouvait la ferme. Il suffisait de suivre les balises sur le bord de la route. Plus facile à dire qu'à faire, car elles étaient très espacées. Heureusement, la visibilité restait correcte malgré les chutes de neige qui s'intensifiaient peu à peu. Il avait d'abord croisé une maison abandonnée, croyant un instant être arrivé avant de remarquer rapidement que personne n'habitait là – il aurait d'ailleurs largement surestimé la distance à parcourir. Bien plus tard, il avait enfin atteint la bonne maison. Elle était sortie de nulle part, comme ceinte d'un halo de lumière, véritable paysage de Noël, décor idyllique qui cachait pourtant des événements terribles. La grande question était de savoir si Unnur était encore en vie, séquestrée entre ces murs. Il fallait faire preuve de prudence avec les propriétaires des lieux, tâcher de se familiariser avec les environs avant de les confronter sur le motif de sa visite. Dans la précipitation, il leur avait donné son vrai prénom, du moins le deuxième – son prénom d'usage. Heureusement, il n'avait pas éveillé leurs soupçons, car sa fille avait pour patronyme « Hauksdóttir », fille de Haukur, et non « Leósdóttir », fille de Leó[1]*.*

Erla s'était montrée méfiante dès les premiers instants. Cette satanée femme savait bien ce qu'elle avait fait, que tôt ou tard son acte effroyable serait révélé. Alors elle l'avait surveillé, rendant sa quête d'indices dans la maison particulièrement difficile. La nuit, il était cependant parvenu à monter sous les combles, où il avait trouvé la chambre dans laquelle Unnur avait été enfermée, conforme à la description qu'elle en faisait dans sa lettre. Mais il n'y avait personne. Incapable de se retenir, il avait alors éclaté en sanglots, lui qui ne pleurait jamais. C'était probablement à ce moment qu'il avait compris qu'elle n'était plus de ce monde. Qu'il était arrivé trop tard.

Le plus difficile à cerner, c'était le mari, Einar. Savait-il ce qui était arrivé à Unnur ? Et d'ailleurs, qu'était-il vraiment arrivé dans ce foyer qui, au premier abord, semblait parfaitement normal ? L'atmosphère était chaleureuse, avec dans le salon ce sapin de Noël cerné de paquets cadeaux, et la radio qui grésillait

1. Les Islandais n'ont généralement pas de nom de famille, mais un patronyme constitué du prénom du père (ou plus rarement de la mère) suivi du suffixe *-son* (fils) ou *-dóttir* (fille).

en fond sonore. Une maison à l'ancienne, typique de l'Islande rurale. Une maison pourtant devenue témoin de l'horreur qu'avait dû endurer sa fille. Même s'il ne pouvait émettre de certitude quant à son issue, pas encore.

Le récit mensonger qu'il avait improvisé sur cette partie de chasse à la perdrix manquait de cohérence. Il s'était soi-disant perdu, mais personne ne le recherchait, il n'avait soi-disant pas vu d'autre maison sur son chemin... Il avait commis erreur après erreur. Dès que l'occasion s'était présentée, il avait coupé la ligne téléphonique, aussi proprement que possible pour éviter de mettre la puce à l'oreille du couple. Il avait besoin de temps pour évaluer la situation.

Après cela, les événements avaient échappé à son contrôle.

Comme Unnur, il s'était retrouvé enfermé, prisonnier, et dans la même pièce ! Peut-être qu'Einar savait quelque chose, après tout. Peut-être qu'il avait des soupçons et voulait protéger sa femme. Haukur Leó avait essayé de prendre la fuite, sans succès, malgré sa carrure plus solide que celle de sa fille. Qu'avait-elle bien pu éprouver ? Cette douloureuse question ne faisait qu'accroître sa fureur, et lorsque Einar avait brandi ce couteau sous son nez, tout avait dérapé. Haukur Leó avait essayé de lui prendre l'arme des mains, soudain terrifié pour sa vie, et leur affrontement s'était terminé dans le sang. C'était lui qui s'en était sorti vivant. À cet instant, il était devenu complètement indifférent au sort d'Einar. Il avait tué un homme, mais pour sa propre survie, et ce couple était responsable de la disparition de sa fille. Tout ça semblait si irréel : le sang, la mort. Pendant un long moment, Haukur Leó avait regardé la vie s'évanouir sur le visage d'Einar tandis que celui-ci se vidait de son sang.

Puis il était descendu pour confronter Erla, mais elle avait disparu. Lorsqu'il avait fini par la retrouver, il avait écouté ses aveux, il l'avait écoutée lui décrire la manière dont elle avait assassiné son enfant. Sans raison. L'acte d'une femme qui avait perdu pied. Le seul crime d'Unnur avait été de ressembler à Anna, la défunte fille d'Erla. Il avait vu sa photo dans la chambre d'amis. Et c'était vrai, elles se ressemblaient énormément. Cette chevelure rousse, ce regard pétillant.

À la cave, il avait fouillé parmi les outils à la recherche d'une pelle solide, puis s'était mis à creuser. Mais rien n'y faisait, la terre ne cédait pas sous ses coups. Combien de temps avait-il passé dehors ?

Il avait si froid. Il avait perdu tout repère temporel, la seule chose qui lui importait était de retrouver Unnur. Mais il commençait à désespérer. Il devait envisager une autre solution. Des outils plus efficaces, une aide extérieure, peut-être simplement appeler la police…

Il avait tué deux personnes.

La première fois, c'était un accident.

La deuxième fois, un meurtre. Nul besoin de le nier. Il avait tué cette putain de femme en toute conscience, avait serré ses mains autour de son cou jusqu'à ce qu'elle cesse de respirer. Et il avait éprouvé un soulagement infini. Il avait vengé Unnur.

Bien sûr, un instant plus tard, il s'était rendu compte de la portée de son acte. Plus de retour en arrière possible, à présent, tout avait changé. Mais c'était déjà le cas depuis la disparition d'Unnur. Peut-être que tout cela n'avait finalement pas tant d'importance… Il ne savait même pas s'il comptait essayer de cacher son crime ou pas. C'était presque un détail.

Les événements n'auraient jamais dû dégénérer ainsi.

Il continuait de creuser la terre en vain, c'est à peine s'il parvenait à briser la couche de glace qui la recouvrait. Sa fille était là, à nouveau prisonnière, et lui était incapable de la libérer. Ce cauchemar allait-il un jour prendre fin ? L'air commençait à lui manquer, il tremblait de froid et d'épuisement dans cette tempête qui empirait à chaque minute. Et pourtant, dès qu'il pensait à Unnur, l'adrénaline affluait dans ses veines, il se sentait mû par une force nouvelle. Ça ne durerait pas. Il fallait qu'il se repose, qu'il décide s'il voulait appeler quelqu'un à l'aide. Aller voir la police serait aisé, il admettrait son crime et les supplierait de déterrer sa fille. Les conséquences ne lui faisaient pas peur, néanmoins il songea à l'effet effroyable que cette nouvelle aurait sur sa femme. Sa femme délaissée, seule, Unnur morte et lui en prison... Peut-être échapperait-il à une peine... Étant donné les circonstances, le juge pourrait se montrer clément... Mais au fond, il savait très bien que c'était improbable.

Il cessa de creuser et leva les yeux un instant. Les flocons tourbillonnaient autour de lui et il ne voyait presque plus rien. Il était seul dans la tourmente, personne ne savait où le trouver. Épuisé, il avait perdu tout point de repère. La confirmation de la mort de sa fille l'avait anéanti. Et de temps à autre, par flashs incohérents, lui revenait le fait qu'il avait commis un crime, même deux. Lui, le père de famille, l'avocat bien sous tous rapports.

Il pourrait peut-être s'allonger quelques instants à l'intérieur, rassembler ses forces. Il n'avait pas envie de se reposer mais il en avait besoin. Besoin de faire le vide pour éliminer de son esprit l'insupportable réalité du destin d'Unnur, la culpabilité d'avoir tué deux personnes de ses mains. Besoin de faire le vide pour ne pas devenir fou.

Il se dirigea d'un pas lent vers la maison, laissant la pelle derrière lui. Il reviendrait plus tard poursuivre sa tâche. Hors de question d'abandonner sa fille. Jamais.

La porte était fermée à clé. Il songea à casser la fenêtre pour accéder au verrou mais se ravisa. Il ne voulait pas laisser de traces derrière lui, juste au cas où… Erla devait avoir une clé sur elle. Il se précipita dans la cave plongée dans les ténèbres. Elle gisait là, à peine éclairée par la faible lueur provenant de la porte ouverte. Pris de nausée, il inspira profondément et essaya de se concentrer sur sa mission : trouver les clés. Lorsqu'il les eut en main, il remonta rapidement et courut jusqu'à la porte d'entrée qu'il eut la plus grande difficulté à ouvrir, les membres engourdis par le froid. Il pénétra dans le salon avec la sensation que le temps s'était arrêté. Tout était prêt pour le réveillon comme s'il ne s'était rien passé, comme si personne n'avait été assassiné, comme si personne ne gisait dans son sang à l'étage supérieur… Un vertige le saisit. La pensée de l'homme mort au-dessus de sa tête lui était insupportable. Il ne pouvait pas rester ici, ne trouverait jamais le repos.

Il alla jusqu'à sa chambre, attrapa son sac resté sur le lit, l'emporta avec lui et se précipita dehors.

C'était comme se jeter contre un mur. Il resta immobile un instant, abruti de froid. Impossible de creuser dans ces conditions. Mais il ne pouvait pas non plus retourner à l'intérieur. Il ne savait pas quoi faire, avait mal de savoir sa fille sous terre, voulait juste tout avouer et faire face aux conséquences... L'esprit bombardé de pensées contradictoires, il ne voyait plus d'issue.

Alors il partit. Simplement. Il partit à pied, rejoindre sa voiture. C'était la seule option viable. S'asseoir à l'intérieur, fermer les yeux, se réchauffer, se reposer, et ensuite essayer de prendre une décision rationnelle.

Il avait réussi à trouver la ferme, suivre le chemin inverse ne devrait pas être très compliqué. Il tentait de s'en convaincre en faisant fi de la violente tempête. La route était plutôt droite, et des balises permettaient de se repérer ici et là.

Il se rappelait à peu près à quelle distance se trouvait l'autre maison, et depuis ce point, où était sa voiture. Il tenta d'évaluer ainsi le temps qu'il lui faudrait pour rejoindre le véhicule. Le plus important était d'aller aussi droit que possible, de suivre la route qui devait s'étendre quelque part sous ses pas.

Le chemin était long mais il fallait qu'il garde un rythme soutenu pour vaincre le froid. Convaincu de parvenir à son but, il sentait comme un regain d'énergie. Concentré, déterminé, il marchait à grands pas dans la neige. Certes, il n'arrivait pas à regarder droit devant lui à cause des flocons qui l'aveuglaient, mais aucun doute : il était sur la bonne voie.

20

Où était l'autre maison, déjà ?

L'avait-il dépassée ?

Était-ce possible ?

La visibilité était si mauvaise, peut-être l'avait-il manquée. Marchant depuis une éternité, Haukur Leó était certain qu'il aurait déjà dû être arrivé au moins à mi-chemin.

Il ne distinguait plus de balise depuis un long moment, à vrai dire, mais il croyait se souvenir que certaines portions de la route n'étaient pas aussi clairement délimitées. Il fallait qu'il tienne le coup. Ce n'était plus très loin. Transi de froid, dans un état de fatigue intense, il commençait à puiser dans ses dernières réserves d'énergie.

Non, allons, il devait tenir bon jusqu'à la voiture.

Son plan était désormais plus clair : une fois reposé, il repartirait vers la capitale. Il irait voir sa femme, s'assiérait avec elle et lui raconterait la vérité. Elle devait être rongée d'angoisse. Tout ça à cause de lui, et de cette idée de se volatiliser juste avant Noël, comme un imbécile. Elle méritait mieux que ça.

Oui, il allait tout lui raconter sur ce que cet affreux

couple avait fait subir à leur fille. Elle était forte, elle ne se laisserait pas submerger. Puis il lui expliquerait ce qui s'était passé durant sa visite à la ferme. Lui dirait que le couple était mort. Qu'Unnur était enterrée dans leur jardin. Et lorsqu'il lui demanderait enfin conseil, elle lui enjoindrait de se rendre, car c'était la seule chose à faire.

Erla et Einar avaient beau être morts, il nourrissait toujours une rage sans fond à leur égard.

Il ne marchait plus aussi vite à présent. À bout de forces, il s'arrêta, regardant partout autour de lui, mais ses yeux ne rencontraient que du blanc, un immense mur blanc qui le cernait de toutes parts. Et, calmement, il admit enfin qu'il tournait peut-être en rond. Qu'il ignorait où il se trouvait.

Mais il ne pouvait pas ne pas avancer. Il ne pouvait pas laisser tomber.

Sa perception du temps aussi perturbée que son sens de l'orientation, il n'avait pas la moindre idée du nombre d'heures qui s'était écoulé depuis son départ. C'était sans espoir. Fallait-il faire demi-tour ? Inutile, la neige avait recouvert ses empreintes.

Peut-être que le mieux était de s'asseoir là, de se faire un petit nid douillet dans la neige. Et d'espérer un coup de chance, que le temps s'améliore. Sans grand optimisme.

Oui, c'était une bonne idée. La seule idée. Trouver un emplacement confortable dans la neige.

Il s'assit avec un soupir de soulagement. Enfin, il allait pouvoir souffler. Enfin, ses muscles allaient pouvoir se détendre.

Il retira son sac et s'en servit comme oreiller. Il ne comptait pas s'endormir, juste se reposer les yeux un instant. Rien qu'un instant.

Posant la main droite sur la poche de sa veste où il conservait la lettre d'Unnur, il ferma les paupières et pensa à sa fille.

21

Assise seule au fond de l'avion sur un siège inconfortable, à l'écart des autres passagers, Hulda sirotait un café tiède en s'efforçant de ne pas le renverser sur ses vêtements dans les zones de turbulence.

Le moment était venu de rentrer à la maison.

Ce jus de chaussette avait un goût infect, mais à quoi s'attendait-elle ? À l'aéroport, elle avait acheté le journal du jour dans l'espoir de s'occuper l'esprit durant le voyage, mais la moindre tentative de lecture lui donnait la nausée. Le hurlement du moteur, l'odeur du papier, de l'encre, celle du kérosène et du mauvais café, tout ça formait un cocktail toxique pour son estomac fragile.

Oui, elle rentrait chez elle.

Elle s'était sentie si mal dans ces terres étrangères, parmi ces inconnus, de surcroît en plein hiver, prise dans les filets d'une épouvantable tragédie.

Comme si elle avait besoin de ça.

Elle avait dit oui trop vite à cette nouvelle enquête, elle n'aurait pas dû retourner travailler. Pas tout de suite. Elle ne s'était pas remise, songea-t-elle avant de regretter immédiatement cette pensée, car évidemment, elle ne se remettrait jamais.

Elle devrait apprendre à cacher ses véritables émotions derrière un épais rideau, là où personne ne pourrait y avoir accès. Agir comme s'il ne s'était rien passé, prétendre pour avoir la force de continuer à vivre. Si l'on pouvait appeler cela vivre.

Enfin, l'enquête était pour ainsi dire résolue. Ils ne découvriraient sans doute jamais en détail comment Unnur était morte, même s'il était aisé de compléter l'histoire avec les indices à leur disposition et la lettre qu'elle avait adressée à ses parents. De la même manière, difficile de décrire avec certitude les circonstances dans lesquelles la mort du couple était survenue, mais l'auteur des crimes ne faisait pas de doute : c'était Haukur Leó.

Personne ne serait jamais puni, malgré ces quatre morts, dont trois homicides.

Ainsi en allait-il parfois de son travail, un jeu constant à la frontière entre jour et nuit, dans la grisaille.

Aucune réussite ne lui apportait de satisfaction, le travail ne s'achevait jamais vraiment. Et qu'elle ne s'attende pas à un compliment, encore moins à une récompense. Le mystère était levé dans l'indifférence, puis on tournait la page. Peut-être plus spécifiquement parce qu'elle était une femme dans un monde d'hommes. Elle le sentait tous les jours, la manière dont certains de ses collègues n'attendaient que ça, qu'elle commette une erreur, qu'elle ne soit pas aussi efficace qu'eux. Voilà pourquoi elle se forçait à faire toujours mieux. Mais ses efforts ne suffisaient jamais.

Malgré tout, elle essayait de se réjouir des petites victoires, de s'enorgueillir d'un travail rondement mené, même si les autres n'en disaient mot.

Cette fois, en revanche, elle ne ressentait que le vide. En dépit d'une concentration vacillante, elle estimait qu'elle avait fait son boulot, que d'autres n'auraient pas fait mieux. Mais ce vide semblait impossible à remplir. Comme si son âme était percée.

Assise dans l'avion, son café tiède à la main, elle eut un sursaut d'angoisse à l'idée de rentrer chez elle.

Qu'est-ce qui l'y attendait, au juste ? Pouvait-elle encore qualifier leur maison d'Álftanes de foyer ? Était-elle encore chez elle entre ces quatre murs ?

Pas vraiment.

La maison aurait aussi bien pu s'effondrer ce maudit jour de Noël, lorsque toute leur petite famille s'était retrouvée atomisée. Et pourtant, elle s'y rendrait, devrait y vivre, au moins pour quelque temps, car elle n'avait rien d'autre.

Elle aurait évidemment pu aller chez sa mère, mais elle n'en avait aucune intention. Elle ne se sentait pas suffisamment en confiance pour ça. Par ailleurs, cela ne ferait qu'accroître son sentiment d'échec.

Elle avait beau ne pas être en état, elle comptait bien continuer à travailler après ce voyage. Jón passait son temps à la maison, encore plus qu'avant, et elle avait besoin de rester loin de lui. Au commissariat, elle pouvait au moins, ne serait-ce qu'un instant, arrêter de penser à Dimma. Elle pouvait tenter de se concentrer sur des tâches sans grande importance. Une chose à la fois. Son travail d'enquêtrice souffrirait peut-être de son manque d'attention, d'investissement, malgré ce qu'elle prétendait devant ses supérieurs, mais cela ferait l'affaire. Elle devait penser à elle. Essayer de dépasser ce drame. C'était le seul moyen. Elle n'attendait aucun soutien de la part de Jón, n'en aurait pas voulu. C'était comme s'*il savait* qu'*elle savait*, malgré le silence entre eux.

Ce silence devenu la règle.

Hulda se disait qu'il déménagerait tôt ou tard, qu'il s'évanouirait dans la nature. Mais même à ce moment-là, elle ne serait pas complètement débarrassée de lui. Elle pourrait le croiser, le verrait libre, profitant de sa vie alors que Dimma gisait six pieds sous terre. Aucune justice là-dedans.

Parfois, elle envisageait de prendre son courage à deux mains et de porter plainte contre lui. Tout déballer. Régler les comptes de la famille, courir le risque que les gens échangent des messes basses à leur sujet, à son sujet à elle, où qu'elle aille, que les langues de vipère posent – à voix haute – les mêmes questions qu'elle se posait, encore et encore : *Était-elle au courant ? Pourquoi n'a-t-elle rien fait avant qu'il soit trop tard ?*

Pourquoi Jón ne pouvait-il pas affronter sa propre culpabilité et se tuer ?

Pourquoi ne pouvait-il pas mourir, ce salaud ? Rendre à Hulda ce dernier service. Redonner un tant soit peu d'équilibre à ce monde. *Faire une putain de bonne action une fois dans sa vie.*

Autrefois, en rentrant de ses voyages professionnels, elle avait hâte de retrouver la douce étreinte familiale, son petit foyer en bord de mer, ce refuge si confortable, loin du vacarme de la vie urbaine. En réalité, cette sensation avait disparu longtemps avant le suicide de Dimma. Un processus long, douloureux, au cours duquel toute chaleur s'était évaporée de la maison. Aujourd'hui, elle n'attendait plus qu'une chose : la vendre. Si Jón n'en prenait pas l'initiative, elle allait s'en occuper. Elle ne supporterait pas de devoir passer chaque jour devant la chambre de Dimma. Elle aurait tout donné pour effacer de sa mémoire cette vision insoutenable mais c'était impossible, son esprit ne cessait de la convoquer, qu'elle soit éveillée ou endormie, et elle devrait vivre avec pour le restant de ses jours. C'était évidemment, d'une certaine manière, le dernier souvenir qu'elle avait de sa fille. Elle aurait tant aimé pouvoir ne conserver que les belles images.

Elle retournait chez elle dans le froid. La maison elle-même était devenue glaciale et lugubre dans son esprit, elle ne s'y sentait plus jamais bien. N'arrivait même plus à profiter de la vue sur la mer depuis le jardin. Elle passait ses soirées allongée sur son lit, se cuisinait quelque chose lorsqu'elle avait trop faim, mais la plupart du temps elle se contentait du déjeuner qu'elle prenait au travail. Elle dormait seule, Jón s'était installé dans la chambre d'amis.

Hulda sirota une nouvelle gorgée de son insipide café. Il n'était pas meilleur froid. Il fallait qu'elle rassemble ses forces pour affronter cette journée.

Tenir le coup, un jour après l'autre.

Essayer de continuer à travailler, faire de son mieux. Elle ne pouvait pas rester désœuvrée.

Elle n'avait aucune idée de la manière dont sa vie évoluerait désormais.

Elle approchait de la quarantaine. Où serait-elle dans dix ans ? Dans vingt ans ?

Le souvenir de Dimma se serait-il un peu dissipé ?

Et où serait Jón ?

Ils ne vivraient sans doute plus ensemble. Se serait-il forgé une jolie petite vie ? Aurait-il une nouvelle femme ? Aurait-il oublié tout ce qu'il avait fait ?

Lui serait encore en vie. Pas Dimma.

Certes, ce salaud avait des problèmes de cœur. Mais les médecins lui avaient bien dit de ne pas s'inquiéter tant qu'il suivait son traitement.

La solution serait si simple, s'il arrêtait de prendre ses médicaments. Un bienfait pour tout le monde.

En y songeant, Hulda se sentit légèrement mieux.

Remerciements

Je remercie spécialement la procureure Hulda María Stefánsdóttir pour ses conseils sur les méthodes de travail de la police.

Je tiens également à remercier mes parents, Jónas Ragnarsson et Katrín Guðjónsdóttir, pour leur relecture du manuscrit.

Merci d'avoir choisi ce livre
des Éditions de La Martinière.

Nous espérons que votre lecture vous a plu.

Vous pouvez nous retrouver sur Facebook et Instagram. Et pour être informé(e) en avant-première des prochaines parutions de l'auteur, recevoir d'autres idées de livres à découvrir, des jeux-concours ou des extraits en avant-première, vous pouvez nous laisser votre adresse e-mail sur cette adresse web : bit.ly/martiniere

En espérant vous retrouver bientôt en compagnie d'autres personnages, pour partager leur vie et leur univers.

L'équipe des Éditions de La Martinière Littérature

RÉALISATION : NORD COMPO À VILLENEUVE-D'ASCQ
ACHEVÉ D'IMPRIMER SUR ROTO-PAGE
PAR L'IMPRIMERIE FLOCH À MAYENNE EN FÉVRIER 2021
DÉPÔT LÉGAL : FÉVRIER 2021. N° 147480 (97767)
IMPRIMÉ EN FRANCE